U0654896

主编　凌翔

当代作家精品·散文卷

一场花开 岁月含香

心柔　著

天津出版传媒集团

天津人民出版社

图书在版编目 (CIP) 数据

　　一场花开　岁月含香 / 心柔著 . -- 天津：天津人
民出版社，2022.5
　　（当代作家精品 / 凌翔主编 . 散文卷）
　　ISBN 978-7-201-18378-7

　　Ⅰ . ①一… 　Ⅱ . ①心… 　Ⅲ . ①散文集－中国－当代
Ⅳ . ① I267

　　中国版本图书馆 CIP 数据核字（2022）第 072891 号

一场花开　岁月含香
YICHANG HUAKAI　SUIYUE HANXIANG

出　　　版	天津人民出版社
出 版 人	刘　庆
地　　　址	天津市和平区西康路 35 号康岳大厦
邮政编码	300051
邮购电话	（022）23332469
电子信箱	reader@tjrmcbs.com

责任编辑	岳　勇
封面设计	陈　姝
主编邮箱	jfjb-lx2007@163.com

印　　　刷	三河市金元印装有限公司
经　　　销	新华书店
开　　　本	710 毫米 ×1000 毫米　1/16
印　　　张	17
字　　　数	220 千字
版次印次	2022 年 9 月第 1 版　2022 年 9 月第 1 次印刷
定　　　价	62.00 元

版权所有　侵权必究
图书如出现印装质量问题，请致电联系调换（022-23332469）

自序

唯愿时光　永如初见

常常，熙熙攘攘的人群让我感到拥挤；车水马龙的街道让我觉得压抑；水泄不通的交通堵塞让我感到心急如焚；弯弯绕绕的马路巷口让我觉得迷茫。于是我便减少了出门，减少了拥挤，只想一个人，清清静静地，端坐在属于自己的时光深处。

如果可以，我愿意摆脱这样沉重的枷锁，远离世俗的喧嚣，驾一叶小舟，携一片绿叶，捐一朵白云，在水汽氤氲的湖面漂浮；或驰一匹白驹，在宽阔无边的草原之上，在广袤无垠的蓝天之下，呼吸最清新的空气，抚摸最温柔的和风。

我喜欢自由的空气，喜欢一个人的清欢。或是看书，或是听歌，或是写作，或是发呆，无论做什么，都是好的、没有人打扰的。

是的，我不喜欢被打扰。经常，一个人在家的时候，我连手机都会调成静音。实在担心有什么突发事情需要找我的时候，我会调成震动。我不喜欢自己正专注做一件事情的时候，被突然的声音打断，哪怕只是专注的冥想，也是需要一份内心的恬淡。

一个人的时光，我把心事抖落在阳光下暴晒，细数那些珍藏的回忆，厘清那些呢喃的碎语，回想那些深情的眷恋，也回味那些难忘的美好。哪怕只是最简单的独白，也可以真实到让自己感动。不孤独，不寂寞，也不烦恼。在一个人的时光里，不用担心内心的暴露，也不必顾虑旁人的感受，独守一隅，是一个人的静寂，更是一个人的精彩。静静坐着、默默听着、淡淡笑着，享受一个人的时光，感受内心的宁静。书香任我嗅，茶香任我品，须臾之间，仿佛全身心都得到了放松，每一个毛孔都舒展开来自由地呼吸。

望窗外，风是轻的，云是淡的，风摇枝叶、轻柔闲逸。伴着一曲纯净的轻音乐，轻读素日写下的文字，只想能够重新邂逅自己，把欲说还休的疲惫去掉，让心似琉璃，然后对着自己微笑，享受从心底渲染出来的一份惬意。陌上繁华，记忆如花，谁没有二三朵娉婷？带着情绪的花，莫名地舒展开，高山流水、如诗如画、美到蚀骨、风吹过处、暗香盈袖。

最是一抹心事，甜到忧伤，那些过往的纠葛，百转的柔肠，写意着那些少不更事的青春萌动，刻画了儿女情怀的如痴如醉。

光影如梭，转眼飞逝。曾经的一腔柔情、一场相遇，如今已是缘尽。犹如烟花绽放后落下的薄凉、一场绚烂的开放，已是开至尽头的荼蘼一帘心绪，如风纷飞。如今，依稀俯拾的，只是片刻记忆。

一个人的时光，思绪万千，偶尔路过那场往事，早已积聚了太多深沉，忍不住驻足停留了片刻，想要重温一下心动的美好，奈何纷扬如花的情牵，早已无人堪寄。那渐渐迷糊的身影，不过是一场风烟，呛得我洒落了一场梨花带雨。

于是，我踉跄地奔跑、狼狈地逃离，转身，依旧回到一个人的清静时光。一个人的时候，将经年所有的心事，都讲述给自己听。倘若往昔，因灵魂的不小心，惹了风月，也不过是围绕着你缠绕了一阵；而今，花落尽，尘埃已定，一切早已时过境迁。转身回眸间，唯愿时光，永如初见。

目 录

第三辑 世相百味

第四辑　红尘情痴

第五辑　风物长情

第一辑　云水禅心

淡定看人生　宁静做自我

　　做人，要像一杯水，无色则纯。只要心里清澈，世事皆易，无味则淡；只要心里明了，万物皆空，无欲则刚；只要心里释然，了然清明，一切皆无。

　　水，本清澈，无念；人，本善良，无为；心，本质洁，无心。心似莲花不染尘，意如止水静无波。温和岁月，努力做一个清澈的人，一个善良的人，一个坦坦荡荡的人。

　　该静时静，该动时动，落笔款款，书两三行文字，寄于清风明月。但求心如明镜，只照当下，风流时就是少年，禅坐时就是老僧。

　　如果说人生是一首优美的乐曲，那痛苦是其中一个不可缺少的音符；如果说人生是一望无际的大海，那挫折则是一个骤然翻起的浪花。淡定看人生，宁静做自我。生命中遇到的所有人和事，都不是能以我们的意志为转移的。愿意也好，抗拒也罢，该来的都会来，该失的终会失，没有选择，也无法逃避。我们能做的就是面对、接受，处理、放下。

　　人生就像天平，总是一边给予，一边接受；一边付出，一边得到；一边耕耘，一边收获；一边物质，一边精神；一边自己，一边他人。上帝也很为难，他不可能把所有的好事都让给你，也不可能把所有的不幸都塞给你。唯有看淡得失，才能找到生命的最佳平衡状态。

人生没有如果，命运不相信假设。因为有了因为，所以有了所以，既然已成既然，何必再说何必？人生充满变数，心态如何，直接影响到人生的状态，忘记你所失去的，珍惜你所拥有的，未来的命运会怎样，全在于今天的努力。

不管是怎样的人生，只要自己尽了最大的努力，就该无怨无悔，无论悲喜、不管结果，都是生命写就的旋律，且用回眸一笑，温柔所有的过往。那些最真的，依然是曾有的那段情；最美的，依然是相伴走过的那一程。

人活这一世，真正重要的不是生命里的岁月，而是岁月中的生活。放下烦忧，心似花开，红尘漫漫，安暖前行。春光美，心静花亦香，拥吻一簇桃红、轻嗅一脉香息，心自澄静犹如微波荡漾，无限温柔意随草木萌生，伴清风悠然。

独倚一窗春情，看一场细雨纷飞。情念，洒落一地诗香，兀自与岁月共清欢；轻折一支春景，勾勒一幅心暖花开。意恋，撒入灼灼美艳，静好与时光深回味。春来花开，是一种欣慰；春去花落，成一种感叹。日出若诗、日归似歌，素年光影、悠然静赏，闻彼岸花香、观变幻无常，牵一片闲云、引一抹欣喜、拾一片悠然，躺在文字中，翩翩起舞。

活着的每一天，内心不仅要阳光，更要有一个平和的心态。心与花的距离，在于欣赏、在于懂得；心与世界的距离，在于容纳、在于敬畏；心与心的距离，在于理解、在于真诚。努力，做最好的自己；用心，做最想做的事情。

仔细想来，其实一辈子真的很短，远没有我们想象得那么长，所以不妨对爱你的人好一点，也对自己好一点。擦身而过的时候，我们应该学会遗忘。相信心有期待的人，每一天都是崭新的一天，淡定从容间，自会走进生命的绿洲。

淡看离合　不语悲喜

初冬的清晨，冷得让人清寒，寒得尽显萧条。昔日的一抹苍翠，而今清风过处，已是蜷缩卷曲、瑟瑟发抖。

终究，叶的不舍，抵不过树的无情，即便留恋再三，数日过后，还是无可避免一场诀别。山河冷，岁月静，很多时候，面对悲欢离合，我们能做的，只是沉默不语、随意来去。不论你是否留恋、是否惋惜，有些离去，都是一场再见无期。

流年日深、时光知味，渐渐地，我们便也懂得，人生有一种境界，叫作淡然离合、不语悲喜。

不慕世间风物长情，不争凡尘冷暖朝夕，不惧人生悲喜消磨，不语生命聚散缘别。放飞心灵，驰骋这一世，相信并接受，所有世事总有了断，无论圆满抑或缺憾，都要且行且珍惜。

有些爱，可以深情，却不能拥有；有些人，可以代替，却不能忘记。所谓弱水三千，不过秋水苍颜。一路走来，多希望有些经过只是一场误会，待解释清楚之后，一切都还可以重来。奈何沧海之上永远也钓不回逝水的昨天。

多少记忆，被时光淹没，最终，又交还给了岁月；多少故事，被季节遗忘，终究，还是预支给了流年。这世间所有的相逢，都将抵不过匆流的时间，同饮时光的酒酿，又有谁，能不醉倒在这杯香醇百味间。

人生，就是一场无法更改的轮回。一程繁华落幕，一程寂寞开花。辗转往复，几欲回首，却唯有向前。就像那枚枯黄的落叶，在散去最后一丝绿意之前，也渴望能在风中多流转几个轮回。最是多情伤离别，不论人情或风物。

生命中，那些你在乎的人，自是心中赏心悦目的风景；那些不爱的人，便是即刻就想删除的记忆。有一天，当相爱的人在岁月的长河中不再拥有相伴的温暖时，孤独的内心，便需要依靠昨天的回忆来打捞岁月残留的余温。

当经历得多了以后，日子就会愈发单薄与清瘦，心性也就愈发纯简与平淡。所谓离合悲喜，不过如同山川河流、春夏秋冬一样，是永远看不倦的书画诗篇，只要活着一日，就会伴读一日。

或许，人生就是如此，一路奔走，一路沉淀；一路丢失，一路拾捡；一路相逢，又一路告别。行囊不能填补精神的空缺；精神亦不能满足行囊的需求。唯有一颗辽阔从容的心才能容纳旅途中的万千风云，淡然所有的荣辱得失。

当往事成风，泪亦无声，多少埋藏在心间的怀念眷恋，刻画成一窗定格的风景。只言离别不言合，只叹悲苦无处喜。关上此窗，让离悲的风景随初冬的落叶，一起辗转几个来回，散尽在尘烟中。打开彼窗，用一颗饱经风霜又足够沉稳的内心，迎接一场新的合喜。如花、似梦，纵是依旧难免花落梦醒，但至少生命在这一场又一场的荡气回肠中，丰盈着、充实着、绚烂着、绽放着。

曾经，我们觉得时间是刀客，宰割着芳菲流年，情意缠绵；而今，我们却发现，离合不过是寻常，悲喜不过是长情。你看，多少旧物依然，只是故人不再。倘若遗忘，就将记忆稀释，不再回首；倘若难忘，就随了心意，自由浮沉。

莫问光阴是何物，如风似烟、百味杂陈，上演着一场又一场的悲欢离合、酸甜苦辣。仿佛，无法触摸，却又如影随形。于是我们便背着它匆匆赶路，看春风秋水，走山长水阔，一程复一程。

平心尝世味　含笑看人生

　　人生若波澜，世路有屈曲。人这一生，路途漫漫、前途难料，就像是在雾中行走，远远望去，只是迷蒙一片，辨不出方向和吉凶。可是当你鼓起勇气，放下忧惧和怀疑，一步一步向前走去的时候，你就会发现，每走一步，你都能把下一步路看得更清一些。于是就这样，我们一路跌跌撞撞、一路勇往直前，不论前路多么迷蒙，只要别只是站在远远的地方观望，就终可以找到自己的方向，踏上属于自己的征途。

　　有些事情，如果现在不去做，很有可能以后也做不了；有些心愿，现在不尝试达成，可能以后永远都无法实现。很多时候，我们不是没有时间，而是缺乏勇气。就是因为有时间，才会一拖再拖，才会放心地将它们搁在那里，任凭风吹雨打，铺上厚厚的灰尘。而流年日深，你终将失去力气去做曾经想要做的事、去说曾经想要说的话、去得到曾经想要抓住的人。

　　人生有太多的事情，放一放就淡然了、冷一冷就过去了。不论是该放手的，还是该执着的，倘若你不能趁热打铁，再赤红的钢铁，也是会硬化冰凉下去的。就像经年途经的那些所有过不去的过去，终究也还是过去了。

当水流经河流的时候，河流是什么形状，水就是什么形状；当生命之泉流经我们的时候，思想是什么形状，生命就是什么形状。

倘若你坚信自己可以做到，那就别管别人说什么话，做到再说。在这期间，所有的抱怨和张扬都是虚妄。成功易得，便也不再珍贵，没有展露光芒，就别怪别人没有眼光。

其实，每一个优秀的人，都有一段沉默的时光。那一段时光，是付出了很多努力，忍受了很多的孤独和寂寞，不抱怨不诉苦，只有自己知道。而当日后说起时，就是连自己都能被感动的日子。

梦想是一场华美的旅途，每个人在找到它之前，都只是孤独的少年。

所有成功的背后，都是苦苦堆积的坚持；所有人前的风光，都是背后傻傻的不放弃。只要你愿意，并为之坚持，总有一天，你会活成自己喜欢的模样。

盛年不重来，一日难再晨；及时当勉励，岁月不待人。

既然人生的幕布已经拉开，就一定要积极地演出；既然前进的脚步已经跨出，风雨坎坷也不能退却；既然我们把人生的希望播种在脚下，就一定要坚持到胜利的谢幕……

只有经受过严寒的人，才知道太阳的温暖；只有饱尝过人生艰辛的人，才懂得生命的可贵。就算今天辜负了我，我也依然会对明天抱有希望。

只有忙碌的人生才足够精彩，只有不断奋进的生命才充满色彩。充实，是一种幸福，让我们没有时间体会痛苦；奔波，是一种快乐，让我们真实地感受生活。

相信人生路上的每个伤口，都像是一朵黑色的曼陀罗，一边妖艳，一边疼痛；一边愈合，一边强健。而那留下看似黑色的疤痕，终将涌动着无穷无尽的暗香，旖旎一路美景，直到惊艳了时光、绚烂了生命。

心若淡然　便是美丽

　　人生在世，总是逃不过时间的洗礼、岁月的迁徙。一路地奔走，总是兜兜转转在得与失、成与败、聚与散之间。仿佛时间是经、空间是纬，细细密密地织出了一连串的酸甜苦辣，织出了极有规律的阴差阳错。而在当时每一次的茫然不知处，皆在回首之时，发现过往一切的脉络都历历在目，方才微笑地领悟了痛苦和忧伤的来处。

　　每个人的心中，都有着对一切事物最美好的期许。虽然希望一切都是好的，但也能坦然地接受一些不如意的。毕竟人生没有一帆风顺，沧海不能风平浪静。

　　淡淡的日子淡然地过。生活如水、人生似茶，再好的茶放到水中一泡，时间久了，也就淡了。也许是棱角平了，或许是成熟稳重了，脚步越来越踏实，日子越来越平淡。人生步入另外一种境界，原来淡然是人生的一种成长。

　　都说人生是一场修行，修己以清心为要，处世以慎言为先。闲谈莫论人非，静坐常思己过。尤其不要和任何人议论同一个圈子里的人，不管你认为他有多么可靠。没有无缘无故的爱，没有无缘无故的恨，人与人相交，多多少少都存在着一些利益关系。妄论他人，就是出卖自己，不过是时间问题而已。

每个人都有每个人的不易，每个人都有属于自己的故事，你不懂我，我不怪你；我不懂你，亦不妄评。持一份平和的心态，宽容地谅解人与人相处间的那些不解之处，或许是一个人最大的仁善。

行走在人生的漫途中，总有人不断地走来，也有人不断地离去。当新的名字变成老的名字，当老的名字渐渐模糊，又是一个故事的结束和另一个故事的开始。在不断地相遇和别离中，终于明白身边的人只能陪着自己走过或近或远的一程，而不能相随自己一生，而能够陪伴一生的，是自己的名字和身后被拉长的身影。

不属于自己的，又何必拼了命地去在乎。属于自己的，压根就不需要你患得患失。给自己一份泰然自若，让自己过得不惊不慌。一个人的自信心有很大一部分，来自内心的淡定与坦然。生活，本就是一半回忆、一半继续。

人这一生，总要看清一些人、看透一些事，却不彻底看破。看清需要智慧，看透需要阅历。而不看破，则需要一种胸襟。一个人倘若能够通过自己的体悟而看清这个浑浊的世界，并且能通过把持自己的分寸而进退有度、拿捏得当，便也算得上一种超凡脱俗的境界了。正所谓：随心所欲而不逾矩，淡定从容而不自欺。

非淡泊无以明志，非宁静无以致远。慢慢地，终于懂得，人生最美是淡然。拥有一份平淡，内心就拥有了一份平和；守护一份淡然，就是守护一份幸福。

淡然是一种心境，是一种千帆过后的隽永。拥有一颗淡然的心，懂得接受生命中的遗憾，学会珍惜生命中的感动。笑对红尘过往，在清浅的流年里用心去感知平淡生活中的快乐；冰释前尘纠葛，在有限的生命中浸润阳光般的温暖与博爱。让心中因为有爱而无悔，让此生因为淡然而优雅。

懂得，是灵魂深处的契合

相信吗，再次捧读《三毛的万水千山》，我竟然几度落泪。

或许，我没有三毛那么伟大，她对文学的造诣，对自己的放逐，那种魄力，那种勇敢，令我望尘莫及。但站在某种角度审视自己之时，又会觉得自己有着和三毛近似的灵魂。

岁月如流，漫过四季如歌，那些纷繁缭绕的烟火，竟然没有让我绽放出本应有的豪迈与热情，反而越来越多了些冷傲与孤僻。三毛曾经有长达七年的自闭，很显然，我谈不上自闭。只是在多少微风细雨的日子里，喜欢独自一个人品读着内心那份无人能懂的情怀。

在这苍凉而又平淡的时光角落里，做着一粒微不足道的尘埃。很少会把那些来来往往的过客放进自己的世界，不是因为薄情，而是太过深情不想负伤。有人的地方，就有纷扰，就会生出爱与恨，悲与喜。而我，一颗孤傲中有点脆弱，深情却不曾染过太多风霜的心，根本就经不起一丝一毫的无端触动。一旦入情，执念成殇，莫非伤到无以复加，绝难漠然转身。

"爱"到底是什么？万千众生，爱便有千万种。爱是漂荡在沧海里的一叶轻舟，是封存于岁月里的一壶窖酿，是行走在沙漠上的一树菩提。爱是百媚千红的一枚绿意，是繁华三千的一抹清凉，是沧海横流的一丝平静。爱是一弯明月，从古至今诉说着地老天荒。爱也是一把利刃，刀口上不知道有没有明天。

　　任何一种情感，都源于一种爱，一旦触动，谁能不多出几分情愁。爱是相思成河，却漂泊无依；爱是坦诚相待，却尝尽冷暖。期许每一份相知相识都可以不失不忘，这是不是最大的天真，亦或无知的错误。

　　我的人生并未有过太多情感经历，但三毛对恩师顾福生难言的情结，以及后来对舒凡的深情痴迷，亦欲放弃一切只求执手相看，暮雪白头的决心，再到心灰意冷，远走他乡的决绝……依然让我潸然泪目。"转身之前，她还是禁不住落泪了。在被拒绝之前，这不是委屈，也不是伤害，可心里泛滥的爱，让她疼痛难当。"这一刻，我竟然读懂了三毛心中的那份无法言说的爱，这一刻，她心中那份无处皈依的深情，也让我心痛难当……

　　人生，不是所有的遇见，都能惊艳时光，不是所有的心动，都能得到回应；不是所有的开花，都能结果，亦不是所有炙热的真心，都会被小心安放，用心收藏。就算是再冷傲孤僻的人，也总会被这世间的某一朵花开而打动。当冰冷的回应，充斥着已经放低的骄傲和自尊，或许，唯有相思寸断肠，才是唯一属于自己的归属。

　　多少个疼痛、伤感、遗憾交织的夜晚，眼泪成了最好，也最慈悲的语言。也许只有眼泪，才可以掩饰内心的软弱，可以原谅所有的背离，可以擦拭带血的伤痕，可以铺垫自己最终放手的决心。

　　"走过的地方，发生的故事，宛如生命里一出出折子戏。在剧中演过了聚离，尝过了悲喜，从开始到结局，交换着不同的自己。"或许，是这尘世的烟火太过迷离，熏染着每一个人始终无法逃离那些固定的剧本与剧情。又或许，有时候，连自己都误解了自己。

　　陪伴，是最深情的告别，但其实，灵魂的相知，才是最体贴的契合。三毛将万水千山走遍，不过是放逐灵魂，想要找到一个真正懂自己的人。而此岸，我将风烟看淡，在斑驳岁月中离群孤独，将万般深情尘封，小心谨慎。倘若灵魂注定孤独，又何须强求知己。但求平淡如水，不失不伤，不求同，不求是，亦不求群……

感恩的心　最美

人生要懂得感恩。感恩的心是柔软的，因为它以和善的角度看待事物；感恩的心也是温润的，因为它总是能在第一时间感知到友好的讯息；感恩的心最美，因为它以欣赏和慈悲的高度，俯瞰世间万物。心美，一切都美。

其实感恩是一种处世哲学，更是一种生活智慧。鸦有反哺之义，羊有跪乳之恩，不懂感恩，就失去了爱的感情基础。感恩不一定非要肝脑涂地，有时候，感恩更是一种生活态度，一种善于发现美并欣赏美的道德情操。它仿佛是我们每个人生活中不可或缺的阳光雨露，一刻也不能或缺。

每件事情的发生，都存在其多面性；每一个人的存在，都有其扮演的角色和承担的戏份。生活不如意十之八九，倘若抱怨，处处都不顺其意，倘若感恩，又怎知每一件事物的发生没有其存在的意义？

感恩是爱和善的基础，我们虽然不可能变成完人，但常怀着感恩的情怀，至少可以让自己活得更加幸福、更加充实、更加快乐、更加友善。

你以感恩之心对生活，生活必以和善之姿回报你。

草感地恩，方得其郁葱；花感雨恩，方得其艳丽；己感彼恩，方得其壮大。生活中的我们也应该尝试着持一颗感恩的心，感恩阳光、感恩雨露、感恩父母、感恩生命之源。

没有阳光，就没有温暖的日子；没有雨露，就不会有五谷丰登；没有父母，就不会有我们自己；没有生命之源，就不会有万千生命。

感谢天地、感谢命运，天地宽阔、道路坎坷，但只要心中有爱、心存感恩，我们就会心存善念、点燃希望，向着更加美好的未来砥砺前行。

没有谁的人生可以一帆风顺、平步青云。就连小孩子都会有不开心的时候，又何况是我们。生活中充满了诸多的挑战、诸多的冷暖。前进的路上，有人助你，也有人阻你；成功的途中，有人鼓掌，也有人冷眼。冷漠的、热情的、真心的、虚伪的，总归是形形色色。当你感到愤懑不平的时候，不妨冷静三秒钟，给自己换上一份感恩的心情，感恩所有的考验历练了更加成熟优秀的自己。那些让自己不悦的人，不过是自己人生路上变得更加强大的免费陪练而已。没有他们何来成长，何来提高，何来成熟，何来沉淀？

狭路相逢也好，贵人相助也罢，这一路走来，终是要感恩那些有缘相识的人。感恩帮助你的人，让你从那里获得了力量；感恩提拔你的人，让你从那里获得了机会；感恩教导你的人，让你从那里获得了知识。更要感恩小看你的人，让你因为不愿服输而更加努力；感恩伤害你的人，让你从此变得更加坚强而勇敢。

感恩，如同一颗透明的水晶，让人倍感珍惜。怀着一颗感恩的心去看待社会、看待父母、看待亲朋，你将会发现自己是多么快乐，生活是多么美好。人性本善，倘若人人都能有一颗感恩的心、谦和的态度，那人与人之间便是少了那诸多的猜忌与嫌隙，生活也将会变得更加温暖与和谐。

敞开胸怀，让霏霏细雨洗刷你心灵的污染；学会感恩，让内心充满和善与美好。

生活是不完美的

　　人生，就是一场修行；命运，就是一种造化。世间百态都有规律。顺其自然，是一种心灵的洒脱；不计得失，是一种人生的豁达。人生沉沉浮浮，如若能淡然处之，生活就会展现优雅的笑容。活得淡泊，方能平和；心态平和，方能致远。

　　平凡的我们总是被世相万千所迷惑，被欲望嗔痴所左右。总是说得容易做到难，总是心有余而力不足。这也就是为什么人们会把人生说成是一种修行的缘故。修之，才能行之。倘若没有难度，那又有何价值。

　　人这一生，言行举止皆受意志所控、思维所阻。

　　心是人生戏的导演，念是人生境的底片。一切的根源皆在内心。痴与执、怨与恨，只会让心翻滚、让人不安。只有放下它们，才能轻松自然。

　　生活中的我们每天被琐事相扰俗务缠身。喜怒哀乐相交不断，悲欢离合层出不穷，仿佛只有这样，才是真正的生活。说实话，谁没烦恼，谁不忧郁。说来，这些都再正常不过。只不过，倘若能够尝试用简单的心境对待复杂的人生，以刻意的说服提点自己多一份平和，那么生活会不会能少一分烦恼，心情能多一分晴朗？

生活总是不完美，有辛酸的泪，有失足的悔，有幽深的怨，有抱憾的恨。可生活又好像很完美，它总会让我们泪中带笑、悔中顿悟、怨中藏喜、恨中生爱。只要你的心足够完美，这个世界就会完美。

人生有缘弥可贵，岁月无期当自珍。不要轻易期待，不要太多假想，人生这场旅行，时间是最公平的资源。我们，是看客，也是风景。感谢所有走进生命的人，无论你我之间有怎样的交集，都已随时间定格。岁月苍老了容颜，也淡然了心境；时光斑驳了记忆，也铭记了你我。

路途有多遥远，双脚会告诉你；沿途有多荒凉，眼睛会告诉你。面对选择的时候，与其按兵不动、犹豫不决，不如勇敢上路。反正总是要前进的，或许只有走在路上，看遍沿途风景之后，我们才知道自己的选择终究还是对的。非此即彼，不过如是。

仔细想来，人生安排的每一个阶段都有其深刻的寓意。人生没有白走的路，也没有毫无意义的经历。贪婪是最真实的贫穷，满足是最真实的财富。眼里有春天，心花才能怒放；胸中有大海，胸怀才能开阔；腹中有良策，处事才能利落。处在凡尘俗世的我们，或许什么都不缺，就是缺乏一种定力。

因为世界太喧哗，所以总是忘了专心；因为条条框框太多，所以总是忘了做自己；因为常常抱怨，所以忘了美好；因为总是失望，所以失去了希望。其实一切唯心造，怪自己没有掌控好它而已。

人逢喜讯，幸福感满溢，很少想因果或是感恩。遭遇挫折，才正是反思时刻，却不想，今天的痛楚常常乃过往贪婪、嗔恨、痴愚的果实，千万别怨天尤人，纠正错误往往又是新生。

因此那些真正有大智慧的人，定然都是低调的人。他们缄默地行走在尘世间，眼神是慈祥的，脸色是和蔼的，腰身是谦恭的，心底是平和的，灵魂是宁静的。大智慧大智若愚，大才华朴实无华。不浓，不烈，不急，不躁，不悲，不喜，不争，不浮。是低到尘埃里的素颜，是高擎灵魂飞翔的风骨。

但愿我们也能以一颗清澈之心观世界。

凡是过去，皆为序曲

　　时间是最好的良药，可以治愈伤痛，可以稀释凉薄，可以释然怨恨，也可冲散执着。时间也是最好的见证，让真的更真，让假的现形，让远的更远，让近的更近。时间还是最好的成长，教会我们学会选择，学会放下，学会看清，学会拒绝。

　　人这一生，漫漫长路，走过多少情感，遇见多少纠缠。不是每一份遇见都是美好，生命没有那么多尽善尽美，总会有些缘识始于心动，却终于心痛。

　　面对伤情，总有人在不甘与不舍中，想着如果能有来生。其实不过是一时的执迷不悟。今生不惜，何言来世？

　　倘若真有来生，我愿成为你的心脏？若珍惜，就好好跳，若不珍惜，就跳一下、停一下，让那个不懂珍惜的人，活的上气不接下气。即便是会难过，心疼的也是对方。可那又怎么样呢？

　　且不说来生如何，就此生，自己没活成别人的心脏，反倒是让别人活成了自己的心脏。不是自己不够珍惜，而是因为太过在意，所以变得脆弱敏感。他踩在你的心上，走也心痛，不走也痛，向来情深，奈何缘浅，又何苦执念成殇。

一生说长不长，说短也不短。终究是有限的时光，请将真心交付给一个爱自己的人。宁愿在爱人眼里活成宝，也不要在不爱自己的人眼里当根草。

对真心待自己的人全心全意。别人再好也与你无关，他不是你的月亮你不是他的云，就请收敛好自己的光芒。即使你再平凡，也是独一无二的自己。爱自己所爱，忠自己所情。善待自己，也善待生命中关心自己的人。珍惜拥有，珍惜付出，珍惜生命中所有的温暖。认真做好每一天分内的事情，不索取目前与你无关的爱与远景，不纠缠过往的冷暖与情长。像蚂蚁一样工作，像蝴蝶一样生活，岁月会善待每一个认真的人，时光会慢慢雕刻出你想要的样子。

知足常乐，心有感恩。感谢那些曾经伤害过我们的人，没有伤痛，就没有成长；没有薄情，又怎识得温暖。凡是过去，皆为序曲，时间会给我们最好的答案，我们也会蜕变成最美的模样。

漫漫人生，愿你有好的运气，爱你的人更爱你，你爱的人更懂你。如果没有，愿你在坎坷中学会微笑，在不幸中学会慈悲，在寂寞中学会宽容，在伤痛后学会原谅。没有什么值得我们永远去记恨，很多事没有来日方长，很多人只会突然离场。相信没有谁愿意伤了谁，把所有过不去的心结交给时间，化作回忆也好，变成情怀也罢，依然感谢曾经有过。

只是此后余生，淡若云烟，愿你化作人间风雨，陪我周边，看我岁月静好，还你余生不相扰。

释然过往，愿我们能以一朵花的姿态行走，穿越季节轮回，在无声中不颓废、不失色，一生花开成景、花落成诗。愿此后余生，眼里长着太阳，笑里全是坦荡，心若不曾伤，岁月永无恙。

留一份沉默给自己

　　流年日深、岁月叠加，我们便越来越多地学会了缄默不语。看到让自己不舒服的人，不再直言不讳，而是选择沉默不语。曾经年少，觉得心直口快是一种率真，而今成熟，觉得做好自己才最重要。

　　就算是遇到看自己不顺眼的人，也懒得较真。因为我们活着，从来就不是为了刻意让谁顺眼的。与其取别人悦，不如做更好的自己。而对于那些本心就不在乎的人，压根就不在我们的视线范围。懂你的人，何需解释，不懂的人，没必要解释。

　　不多管别人的闲事，也是一种修养。毕竟眼见别人的好与坏，也许并非真正的好与坏。无多了解，不必妄评，没有人必须要依着你的行为标准去生活。若投缘，谈笑风生；若无缘，保持距离，足矣。

　　比起锋芒毕露，韬光养晦更显涵养。有时候，管住嘴远比口若悬河，更容易令人心生敬意。

　　生活中我们要学会沉默思索，不要急于表明自己的态度，凡事留些缓冲的余地，余地不是留给别人，而是留给自己的心地。

墨子的弟子子禽曾向老师请教道："多说话有好处吗？"

墨子答道：

"蛤蟆、青蛙白天黑夜叫个不停，叫得口干舌疲，可是没有人去听它的叫声。

再看那雄鸡，在黎明按时啼叫，天下振动，人们早早起身。

多说话有什么好处呢？只有在切合时机的情况下说话才有用。"

曾国藩最痛恨的就是多言，一生在"戒多言"上下足了功夫，他不仅经常批评自己"每日言语之失，真是鬼蜮情状！"也经常反问自己"言多谐谑，又不出自心中之诚"，这种言语习惯、个性缺点，"何时能拔此根株？"

他不仅对自己有这个"戒多言"的要求，还把它当成家训智慧中非常重要的一条内容，尤其是对他的两个儿子和几个弟弟，更是反复灌输与强调这一点。

言多必有失，寡言才养气。要知愈是沉默寡言之人，其言语便愈加可贵。流逝的光阴，让我们变得愈来愈安静，因为知道宁静才能致远，淡泊方可从容。

人生潮起潮落，失意常有时，没有人一生下来就是光芒万丈的，人生有精彩之处，自然也有不尽人意之时。与其抱怨诉说，于事无补，不如沉默独处、静心思考。

叔本华在《人生的智慧》中写道："人们在这个世界上要么选择独处，要么选择庸俗，除此以外再没有更多别的选择了。"

正如《大学》开篇中所言："大学之道，在明明德，在亲民，在止于至善。知止而后有定，定而后能静，静而后能安，安而后能虑，虑而后能得。"

心烦气躁的时候，更应该克制自己，学会缄默平和，静心倾听自己内心的声音，才能活得愈加有深度。

要么默默努力，要么不计庸俗，人生从来都是属于那些默不作声，却悄悄奋斗的人。

放下浮华，才能看清自己；胸中有志，才能无畏沉默孤独。内心丰富的人，无须多言陪衬，自有一片繁华，在心中规划成景，蓄势待发。要么不言，若言必有分量。大事宽容，小事淡然，比起逞一时口舌之快，以不争之势争该争之事，优雅从容间，亦是不卑不亢，更显格局与风度。

放飞心情，回归自我

昨日还是一片艳阳高照，今日晨起就是一片漫天黄沙。骤变的天气，让人觉得空气中都是呛人的味道。即便如此，那些来来往往的人们依旧没有停下奔波的脚步，纵然有几分呼吸困难，也依旧努力地争取着生命的气息。

或许，这就是人生。每个人都希望生命的旅程，可以一年四季如春。奈何很多时候，现实的残酷，却是春如四季。

所谓人生的滋味，就是风雨交加、四季更迭，受得起繁花似锦，也经得住狂风骤雨。并非只有姹紫嫣红才算春天，有时素心淡雅也是一种恒久的芬芳。有的人终其一生，浑浑噩噩，不知道自己喜欢什么，想追寻什么，但也有人，面对心中的梦想依旧有着愚公移山的勇气和决心，用看似愚笨的坚持触摸到了理想的光芒。

每一份坚持都是不易的，途经岁月的荒凉，有人支持，也有人质疑。有时候甚至连自己，都会几多彷徨与徘徊。面对竞争、面对压力，心中的焦灼与不安仿佛是一个无底的深渊，让人越来越陷入迷茫。就像那窗外漫天的黄沙，一片混沌、不知何处。

其实心静自然平。不论现实如何，只要给自己内心一份平和淡然，便是自在无挂碍。人生不必那么多欲壑难填，也无须那么逼迫自己，怀揣一份清淡，在清风明月间推开一扇斑驳的门扉，看韶华渐远，观繁华喧嚣。回归自我，依然能够轻拥经历、怀抱暖香，回看到一个简单的自己，便是时光深处最美的懂得。

放下那些哗众取宠，做一个内心阳光却不招摇的人。不忧伤，不心急，不攀比，不嫉妒。坚强、向上、靠近阳光，明媚而温暖。不需要别人过多的称赞，也不在意旁人妄自的评判，缄默前行，只做自己。让静水流深，让宁静致远，相信内心的强大永远胜过外表的浮华。

没有背景不是堕落的理由，而更应该是前进的动力。只要心存希望，就不怕奔波在路上。人生不惧手握烂牌，最怕不知道如何打好一副烂牌。不放弃，便有希望；进一寸，便有欢喜。最是艰难踌躇的时候，需要镇定自若；越是迷茫无助的时候，需要坚定。

抛却杂念，烦恼自减；放飞心情，与世无争；低眉不语，静默流年。这世间最好的默契就是有人懂你的欲言又止。爱你的人，一定要好好善待；疼你的心，一定要装在心间。在乎你的人，会一直放你在心上；不在乎你的人，即使对面相逢也无言。但愿此生能有一颗心，知你悲喜苦乐冷暖，懂你心之所恶所念，给你温暖无限，伴你前路风尘。

活着是一场修行，当我们懂得了爱，懂得了释然，那么我们就可以怀着安暖心情，在流年袅袅的风尘中食红尘烟火，赏人间百态，享岁月静好，不再庸人自扰。

既往不恋，当下不杂，未来不惧

人生就像一支奋笔疾书的铅笔，开始的时候，笔锋总是很尖，但慢慢地就被磨得圆滑了。尽管做人少不了圆滑，但凡事物极必反，倘若太过圆滑了也不好，那就意味着差不多该挨削了。

也许，人生本就是一场无止境的漂泊。面对生活中那些猝不及防的飞沙走石、晴雨雷电，我们总是要迎面而上的。容易打败我们的，从来就不是生活艰难困苦的考验，而是心中无爱的荒芜。相信只要有爱，就有足够的勇气去承受人生中所有的风雨，就算流血流泪、咬牙坚持，只要心中有爱，一切就都会变得轻松而释然。

每个人的人生，都需要一个精神支点来支撑内心的强大，来跨越生活的沟坎儿。其实人心都是肉长的，谁都希望遇到一个对自己好的人来温暖岁月，谁都渴望有一双温柔手扶自己淌过泥泞。不要妄自评论一个人对待某件事的反应，一个人最好的教养就是不轻易评判别人的教养程度。因为自身的教养是用来约束自己言行的，而不是来权衡他人的。

你非花红，怎知花红亦有伤情之时；你非草木，怎解草木也有清寒之季。很多事情，不到谁身上，谁不是两袖清风、云淡风轻。你是他的无关痛痒，他自然说得轻巧。其实每个人的人生都是苦的，没有谁是唯一。只要心有阳光、心中有爱，就可以最终云开月明。

相信所有的好心，终会有好人遇见；相信所有的付出，终会得上天厚爱；相信真心过生活的人，总会被生活温柔相待。

做一个简单的人，好相处就处，不好相处就尽量远离。喜欢就靠近，不喜欢就保持距离。你对我好，我就对你好；你对我不好，对不起，我也没有那廉价的热情。人生本就不必对每个人好，否则又何尝不是一种情感的浪费。待我真心者，我待以君王；不入我心者，我不屑敷衍。岁月叠加到一定的厚度，对冷暖的感知也越是明了。正是因为心中了然分明，所以才将一些人一些事，看得更清，分得更明。

大部分时候都告诉自己，有些事不必太在意，有些人尽管去随缘。每个人的教化水平不同，不必要和没有交集点的人多费唇舌、徒抱希望。人生百年弹指间，潮起潮落便是一天，花开花谢便是一季，月圆月缺便是一年，何必为了不值得的人浪费自己的大好时光。

面对刻薄的嘲讽，忍一忍，无须马上尖酸地回敬；有人无理取闹、挑拨离间，让一让，不必立刻以牙还牙惩治他；有人在你面前大肆炫耀，笑一笑，也无须马上加倍证明你更厉害。面对生活中那些莫名其妙的奇葩，当真不必放在心上。人生之旅千万里，形形色色也是在所难免。鄙劣之人对我们最大的伤害不是他们对我们的失礼冒犯，而是我们在愤怒不平之下，轻易就把自己变成了最讨厌的模样。

岁月几多辗转，我们逐渐成熟。既往不恋，当下不杂，未来不惧。人生路上不可能时时阳光相伴，也不可能处处风平浪静。人生命之中最好的风景是内心的淡定与从容。

不论过去怎么样，都该庆幸终是一路跌跌撞撞而来；当下是最精彩的绽放，每一分、每一秒，都由自己来主宰；未来的点点滴滴，不论是苦还是甜，都需要我们脚踏实地走出来。每一个人都有不一样的人生、不一样的故事，不轻易否定别人，也不轻易放弃自己，更不盲目地追逐不属于自己的东西。

与其担心未来，不如现在好好努力。人生往往是怕什么来什么，当你看淡得失、无谓成败的时候，反倒顺风顺水、遇难成祥。人生最宝贵的就是有一颗平常心，远离混浊、平静如水，不为世间五色所惑，不被人生百味所迷。

于我而言，内心越是独立，重要的人就越少。不是不想多，而是生活所迫，多少无助之时无人依靠，多少不易之时无人能懂，于是便逼迫自己不得不坚强。

有些人，你看不清，不是因为相隔太远，而是因为走得太近。有时候，你以为有的人变了，其实不是变了，而是面具掉了。

人心冷暖，不过浮沉，如花美眷，终究抵不过似水流年。倘若人生已然看得更清望得更远，那就算岁月很长也不必慌张。心有淡定则从容，此后岁月人海茫茫，请允许自己，从此不回头，也不将就。

但愿日子清静　遇见都是柔情

浅夏的晌午，躺在开着窗户的卧室，窗外暖暖的阳光明媚着鸟语花香，我听到有流水潺潺湿润着空气，包裹着丁香花的味道，透过纱窗扑鼻而来，浓淡相宜，让我心生欢喜。

天空中几只小鸟轻盈地飞过，叽叽喳喳，一片欢腾；远处的村庄隐约传来几声狗叫，偶有汽笛声、拖拉机声，夹杂着一些行人的吵闹声，随着轻柔的风四处飘荡着，飘出了一种人间烟火的味道。

特别喜欢这样的时光，窗外有暖阳，窗内有阴凉；隔窗听繁华，掩帘享清宁。

随着时间推移，世事如流，对很多事情都变得不再那么执拗了。看在眼里，懂在心里，却可随意安置，却就是不会放在心上。与世事交杯，不如与花对坐；与红尘缠绵，不如与草低诉。闲来无事，亦可享受孤独，一杯清茶、两卷文书，亦可让独孤诗情画意绽放如花。

到了一定的年龄，就要懂得把生活中那些不满意的情绪和想要爆发的脾气调成静音模式，然后不动声色地打理好自己，收拾好生活。不亏待每一份热情，不讨好每一份冷漠。就算满怀心事，也能保持微笑。相信任何事情都有解决方案，与其烦恼不如顺其自然。

沉下来心无波澜，静下去清风徐来。心无垢，尘自安。人的烦恼之处就在于想要的太多，而舍弃得太少，唯有删繁存简、去伪存真，日子才能简净如水、明朗自在。

穿自己喜欢的衣服，舒适就好，不在乎别人是否觉得好看；梳自己喜欢的发型，得体就好，无所谓别人的看法。成熟让一个人的内心变得平和淡然，不再虚荣敏感脆弱。

生活不必将每个人都放在心里，倾心倚重。在乎别人的东西多了，容易迷失了自己。有时候我行我素一点，未必不是一种个性。人活着总是要忠于自己，活成一道风景，而不是一味地去迎合谁的喜好。

春花秋月，四季如常。低眉含笑，素心生花。闲暇之余，煮一壶香茶，盈润唇齿；抚一株绿植，净化心灵。陌上繁华三千，百花争艳与我何干。别人在是非里勇敢，我却只想在无人之处讨份清闲。

世间风景万千，终于是抵不过内心的安宁与丰盛。随日升月落，看丰山瘦水，有相爱人可守，有欢喜事可做，淡追名逐利，弃繁华迷眼，将自己还于本真、归于平淡。

阅过几卷诗文过后，抬头望向蓝天白云，一片空阔。想岁月无声，催人前行，一路走来，已经不再有"犯二"的时候。不禁感叹，我这是老了？

无妨。

老也好，年轻也罢，又有什么关系？不过岁月叠加，让自己看懂了不少，也看淡了不少。年少轻狂是非多，年长淡然更柔和。相信沉淀后的灵魂更有味道，丰盈后的生命更多知性。但愿此后日子清净，遇见都是柔情，你待我真，我待你更暖。

人生最美是淡然

世间之事，纷纷扰扰，对错得失，难求完美。倘若一心想要求得事事圆满，反而深陷于计较的泥潭不能自拔。若能但行好事莫问前程，凡事只求问心无愧，得失荣辱皆不介怀，自然也能落得清闲自在。

随着年龄的增长，岁月沉淀智慧，心性渐自淡泊。

经历得多了，世事便也看淡了。每一段时光都有一种澄澈的美，需要你用心去品味，一如花儿一般，有属于它的灿烂与芳华。待到凋零，便也是一种圆满的结局。无须伤春悲秋，过多感叹。

尘世之间，我们或快或慢地行走，留下自己的故事，编织生命的藩篱。不论多少风雨挫折，请保留几分美好、几分清澈、几分释然。生命的最后不是你活得繁花似锦，而是在安静平和中修得一颗丰盈平淡的心。

我们在漫长的岁月中往往都会遇到很多事情，当我们迫切想要放下的时候，其实才刚刚拾起；而当我们想要重新拾起的时候，其实早已放下了。

淡然就是心灵越来越柔软，胸怀越来越宽阔。人生苦短，何不淡然。

保持一种淡然是人生最美丽的姿态。用不乱于心的姿态欣然每一个日出，释然每一个日落。人活一世重要的不是结局，而是经历。苦也好乐也好，过去的不再重提，放自己一条生路，也包容别人的过失。世上没有不平的事，只有不平的心。带着智慧和慈悲心来面对生活的中的人和事，偶尔糊涂、偶尔健忘，亦会有另一份生活的收获。

愿时光温柔，善待所有曾经。春天花会开，故事里人会散。感恩相遇，赋予了阳光；感谢错过，留下了生动。时光浓郁，记忆芬芳，淡然一切，往事如烟。不去怨、不去恨，回眸处，付之一笑，最是美好。

生活如水，平淡最美

静夜，独坐，泡一杯淡淡的清茶，听一曲柔柔的音乐。任思绪从喧嚣和繁杂中走出，任心情渐自放慢放缓，沉浸在这淡然的夜色中。总是喜欢这样的时光，静谧、纯粹，留一份清宁给灵魂，斟一壶平淡给自己。

人生的真味，皆在一个"淡"字；人生的风度，则在一个"忘"字。一半是水，一半是火，则为"淡"。就像人生，一半是披荆斩棘，一半是急流勇退。水火本不相融，造字者巧妙地将二者融会贯通，揭示了"淡"的真味——刚柔相济。人生的"淡"，既需要披荆斩棘地拿得起，更需要急流勇退地放得下。远离世外的纷争与世俗，让你的心静下来，去享受平淡的人生，去感受人生的真，让你的心得到一方净土，做下深呼吸，感受生活的律动。

月亏则圆，月圆则亏。人生的至境，不是一味地"进"，更不是一味地"退"。而是进退得宜，性淡如菊。为小事而常介怀，不值；为大事而常悲戚，不该。故面对小事，要开心；遇到大事，要宽心。回归平淡，方究人生之真境，细参眼耳鼻舌身意。

相信没有人可以打倒我们，除非我们自己趴下。倘若现在就觉得失望无力，且看未来那么远，又该如何走下去。心重是因为想得太多，在意得太多。其实生活本不需要那么多提前的设想，你且管前进，岁月自当让路。

年轻的我们刚刚踏上人生的旅程，前方还会有无数个日子需要别无选择地面对。风雨也好、艳阳也罢，只要在曲曲折折的行程中静守一份平淡，挥洒一腔执着，不妄自尊大，不自欺欺人，不飞短流长，不急功近利，那么属于我们人生，就将是一道亮丽的彩虹。

生命就是一个不断去满足欲望的过程，满足不了就会痛苦，满足了又会无聊。人的欲望就像拉长的橡皮筋，找不到挂靠的地方就会弹回来打中自己。欲望其实是一个无底洞，我们终其一生也不可能填满，只有适当削减自己的欲望，才能在人生旅途中找到更多的幸福。少一分欲望，就多一分轻松、多一分自在。

很多时候，那些犹如填不满的沟壑般的欲望，满足了能怎样，不满足又能怎样？纠结的时候，宽慰自己知足常乐、平淡致远。

得失不过一种心境，想开了、看淡了，结果也就不那么重要了。对有的人、有的事，无须太过执着，试着放手，人生将因此而不同。世事如棋局，不执着才是高手；人生似瓦盆，打破了方见真空。

生活犹如茶，要靠自己慢慢去品味，细细去咀嚼，用心去欣赏，你才能发现，原来最幸福的生活，就是在那如水的平淡中活出精彩。

以一个凡人的姿态和心境去解读生活、感悟生活。笑看落花、静观流水、仰视苍穹，以一种直面人生的态度，让每一个日子都在充实和愉悦中度过。

平淡是一种风、一种无牵无挂的行吟，轻轻地来、轻轻地走，使心境自由的奔放，让灵魂更有正能量。不必大喜大悲，亦不必怨天尤人，心有平淡、自当恬静，让我们以不争之势，从容真诚地善待、每一件事、每一个人。

　　偶尔停下我们那匆忙的步伐享受平淡，享受关爱，享受生活，享受宁静。让内心的平和，带给生活更多的欢乐幸福。相信生活如水，平淡最美。

一切清净，源于心静

一天当中最静美的时光，应该就是晚上了。夜深人静、万籁俱寂，静的仿佛只能听得到呼吸声和心跳声，那是一种律动，一呼一吸都是那般舒缓；那也是一首夜曲，唱响这夜的寂静，却又那般不浮不躁。

每每入夜，我便心生欢喜。尽管躺在床上一片漆黑，但却觉得内心比任何时候都通透了。那种轻欢喜、淡是非的心境，让人觉得十分惬意与享受。想来此刻，最是心静，而这心中的欢喜，便是源于这份清净。

一切清净，源于心静。宁静的心境犹如竹林中的一股清泉，澄澈透亮、冰凉清爽。心明如镜却又真实不虚。倘若生活中的我们也能多一些心静之时，必然也会更多豁达与淡然。以清净之心看待身边的事物，就会觉得这个世界上的所有事情其实都很简单，所谓当局者迷，之所以当时不够明白，只是因为自己太过浮躁，不够静心。

生活的最高境界是理解，人生的最高境界是心静。心若静，就算置身喧嚣尘世，也能得到"闭门即是深山，读书随处净土"的状态。真正的寂静处不在山上，也不一定要在庙里，而在于一个人的心境。只要有一颗清静的心，到处都有寂静处，心若无尘，随处皆净土。

以清静心看世界，世界便是一片清幽安宁的绿洲，即使有蜂鸣蝉噪，也会感受出"林愈静山更幽"的意境。纵是红尘的喧嚣也无法动摇你的心；以欢喜心过生活，生活便如明月清风，平静清好、不憎不怒、慈悲宽容。

心净才能心静，心静才能清明。从容入世、清淡出尘，未尝不是活着的至高境界。人生的初衷一旦偏离方向，被虚荣掩饰、让浮华蒙眼，心境就会变得复杂，烦恼便也涌上心头，不得自在。

宁静之人，不屑于计较，做自己就好；懂得宽容，原谅众生，也原谅生活不如意的十之八九。以一颗质朴的心，淡然尘世浮华三千，于纷扰喧嚣中亦能觅得一份清凉。

日子，在平平淡淡中长久；生活，在柴米油盐中生暖；人生，在起落浮沉中历练；心情，在阴晴圆缺中欢喜。心若不悲，人就不寒；心若不弃，爱就不离；心若不染，尘世美满；心若无澜，上善若水。眼，不见为净，心，不冷为美。把该放下的放下，把该忘的忘却。若无闲事挂心头，便是人生好时节。

人活着，没必要凡事都争个高低明白，水至清则无鱼，人至清则无朋。人生的境界，说到底，就是心灵的境界。若心乱神迷，无论你走多远，皆捕捉不到人生的本相，领略不到人生别具韵致的风景。唯有心灵的安静，方能铸就人性的优雅。这种安静，是得失后的平和，是成败后的淡然，是静静的，学会了用一颗心去聆听、去欣赏。就如同那一湖秋水，淡淡的几许波纹，却能承载千年的日月、揽尽万里的浮云。

一生很短，让一切顺其自然

世相万千，人生百态，每个人都有属于自己的人生轨迹与机遇，每个人也都有不同的目标与追求。贫穷与富贵，皆是一种生活状态，没有绝对的好与不好。也许贫穷之人羡慕富贵之人锦衣玉食的优渥，而富贵之人却也羡慕贫穷之人粗茶淡饭的清简。

其实无论贫穷与富贵，都各有利弊、各有长短，只不过人们总是喜欢揣着自己的弊端短处，去羡慕别人只呈现在表面的好处，而忘记了体会对方不容易的地方。说到底，这世间哪有绝对的贫富贵贱之分。上天何其公平，又怎会格外偏爱了谁？所谓贫富，不过只是物质上的片面之差。

当人们为了生活追名逐利、觥筹交错的时候，看似光鲜亮丽，可是高处不胜寒，有得必有失。物质的富足，无法填补曲终人散的失落，也不能弥补患得患失的落寞，更不能慰藉坚强背后的压力。而那些看似贫穷之人，日出而作，日落而息，虽没有大富大贵，却也免于尔虞我诈的复杂。以一颗淳朴之心，守一方清净岁月，安然度日，何尝不是一种富足。

如此说来，贫穷也好，富贵也罢，各有长短，何须羡慕。

人活着，谁都不容易。人人都有沟坎要过，家家都有悲喜要尝。既然活一回，就要让自己活得开心。钱多钱少，吃饱穿暖就好；淡泊名利，身体健康就好。无须刻意，顺其自然最好。

名利虽为人所需，但若时时事事想着它，难免患得患失，失去了生活的乐趣，也迷失了生活的方向。

欲，乃无底深渊，疲于追逐，只能让自己越活越辛苦。重压之下，心性便难以自由，行为更是难以洒脱，整日忧心劳神，开心甚少。

当一个人为此不悦而情绪低落之时，不妨问问自己，所求为何？要到何种程度才是满意的尽头？

人活这一生，匆匆几十载，何必给自己那么多负担。生活尚且过得去就好，这不是不追求上进，而是要选择适合自己的去拥有，并且要适时回头审阅一下人生所拥有。稳定的工作、稳定的收入、倾心的爱人、可爱的孩子，上有老、下有小，家庭和睦、不愁衣食，如此已然美满。至于其他，再多不过身外之物，何不随意随缘、顺其自然。以此换得身心轻愉、心境明朗，何乐不为。

功名不求盈利，利欲恰到好处。一个人想要在功名利禄面前应对自如，首先就要学会平常心。摆脱了功利心的操控，做起事来会更加轻松自如，反而容易达到不一样的效果。

其实生活中的有些事情，静下心的时候想一想，便会觉得也不过如此。得到了如何，得不到又如何。上了这个台阶，还想上另一个台阶。有些事情，冥冥之中，自有安排，你只管努力，剩下的交给时间。做到有求无欲，才是人生至境；学会不迷物欲，方能内心逍遥。

夜色温柔，独享清欢

　　总是觉得在那夜深人静，别人都睡，唯我独醒的时候，是自己最惬意的美好时光，是静谧的，是自由的，也是完全属于自己的。夜色阑珊、朦胧若雾，忽然觉得夜的黑暗，也是一种格外的温柔。它悄声不语，却可以让你打开自己真实的内心世界；它一片漆黑，却反照出思绪深处的一片活跃与鲜亮。

　　可以尽情地去想自己乐意去想的事情，也可以随意地去想那些想起的人儿。可以放纵去感怀，肆意去悲伤，也可以随心去回忆，大胆去幻想。

　　人生无奈百般，就算没有人懂你又如何，日子不还是要继续过下去。就算有许多心酸苦楚，也不要和自己过不去。倘若内心有很多话想说，却又不知该说与谁人听，那么此刻，就和自己来一次坦诚的对话吧。所有的不易与委屈，所有的艰难与疲惫，都说给自己听。或哭，或笑，都可以随心所欲。不怕被谁看到了脆弱，也不怕被谁了解了狼狈。夜色苍茫，这一刻不需要任何的回避，也无须那诸多的顾忌，只管打开自己的内心，尽情地释放。放空了心灵，才能更有勇气和力量；丢弃了包袱，才能更好地迎接新的明天。

我喜欢听夜里的任何声音，哪怕只是那种悄无声息的安静。月光如水，你不说话，我却对你放飞了我的思绪。无须刻意的渲染，就能听到一颗心深情地跳动，犹如一泊柔软的水，在时间深处缓缓地流淌。那是一种直达心底的告白，诉说着灵魂深处的点点滴滴。

夜色温柔，她轻轻地掀开了我的脆弱，轻撒一袭玄色，掩藏了无情岁月划下的伤痕，那是生活的无奈、成长的痕迹。暗夜宁静，她聆听着我心间的故事，抚慰着我些许的疲惫与无助。这一刻终于可以放松一下自己的心情，掀开夜色的帷幕，在一曲舒缓的音乐中，直对生活的另一面。看清，看淡，放下，放开。

这时候便可以看到生命在夜色中灿烂地盛开。虽然没有阳光，但也一样明亮鲜活。无须视觉感应，便可以触摸到真实的自己与真实的心灵。

人生就是一场独行，即便有人相伴，也总有孤独的时候。这一路上，风霜雨雪，总有些时候是要一个人独自面对的。没有多少人在乎你经历了怎样的过程，他们只计较结果。也没有几个人关心你累不累，他们只是觉得你还可以奔跑得更快一点。

其实人总是要学会与自己和解，要学会心疼自己，而不是和自己较真。生活就是这样，家家有本难念的经，人人有份难言的苦，否则谁还会珍惜幸福与满足，又有谁会珍惜懂得与理解。无论心间藏着多少辛酸与悲苦，放过自己，好吗？如果生活已然让你不容易，那你又何必让自己更加辛苦，爱自己，好吗？

就着这一窗夜色阑珊，轻轻地抱紧自己的双肩，闭上双眼，让经年所有的心事都稀释在这温柔的夜。告诉自己，总有一天，你会感谢今天所有的坚持与付出。你所有的好，都将被岁月所铭记。

以随缘的心态，过好每一天

生活仿佛是一本被塑封的书籍，没有拆封之前，你永远无法预知里面将会有怎样的故事。因此充满期待，充满想象，充满诸多美好的憧憬。直到打开扉页，翻看章节，你才会发现，原来很多情节都非预想那般。即便如此，我们也还是会依然如故地将这本书一页一页地翻看，一章一节地通读。

人生最好的状态，就是以随缘的心态过好每一天。生活总有坎坷，沿途总有荆棘。不要想太多，也不必提前去预想。该来的，逃不掉；不来的，等不着。即便你将未来预见了千百遍，到时候也未必会如你所想的那般一成不变。车到山前必有路，路的尽头还是路。太多的预想，只会让当下的生活徒增了更多的烦恼与负担，失去了更多继续前行的勇气与动力。

人生如茶，粗品是苦的，细品是香的。总要苦一阵子，但不会是一辈子。挫折经历的太少，就容易把一些琐碎的小事看得很重。其实每个人都有坎坷的经历，都有悲伤的过往。谁的痛不是自己扛，谁的苦不是自己尝。总是因为伪装，所以笑容里掩藏着忧伤；总是因为善良，所以内心里选择了原谅。

有些故事再演绎，自己也是配角；有些感情再看重，终究也是留不住；有些事情再努力，也难免不尽人意。原谅生活的不完美，允许自己的事与愿违。人生，好多的深情，扛不过岁月春秋；好多的人，抵不过关山路远。有些不快，别记得太清；有些不幸，别想得太深。自怨自艾，只会放大坎坷，其实还有人比自己更糟，只不过选择了隐忍与坚强而已，毕竟生活还要继续，日子总要过下去。有些事自己知道就好，没必要和别人诉说，因为理解的少，看笑话的多；有些人默默认清就好，不值得去难过，更不必耿耿于怀。

流年日深，我们总是在不经意间不停地翻弄着回忆，却再也找不回那时的自己。那些时光，即使被风干成了故事，也总会在某一个合适的时间、合适的地点，于隐忍不禁间，悄然拼凑、浮现。人生、躲得开的是寂寞，躲不开的是情怀。很多东西拥有了，不一定很开心，因为还有可能会失去；失去了，也不一定要伤心，因为还有可能再拥有。

别为小小的委屈难过，人生在世，注定要受许多委屈，经历很多磨难。相信阴雨总会晴，风雪总会停。要使自己的生命获得极值和炫彩，就不能太在乎委屈和挫折，不能让它们桎梏了灵魂，扰乱了心境。要学会一笑置之，超然待之，要学会转化势能。做一个生活的智者，懂得隐忍，懂得承担，原谅周围的那些人、那些事、那诸多的不完美，让我们在宽容中壮大、在坚韧下成长。

无论你付出多少，牺牲几何，也总会有人说你好，有人说你不好，但只要做人做事问心无愧，就不必执着于他人的评判。无须看别人的眼神，不必一味讨好别人，那样会使自己活得更累。喜欢你的人，自当喜欢你的一切，包括你的缺点都是一种个性；不喜欢你的人，就算你迁就太多也是枉然，只能让对方更加轻视你的存在。当有人对你施不敬的言语，请不要在意，更不要因此而起烦恼。因为这些言语改变不了事实，却可能搅乱你的心。心乱了，一切就都乱了。相信所有问题，最终都是时间的问题；一切烦恼，其实都是自寻烦恼。

太阳不会因你的失意，明天不再升起；月亮不会因你的抱怨，今晚不再降落。蒙住自己的眼睛，不等于世界就漆黑一团；蒙住别人的眼睛，不等于光明就属于自己。只有不快的斧，没有劈不开的柴。没有比脚更长的路，没有比人更高的山。没有做不到的事，只有想不到的人。

漫步在人生这趟旅途中，重要的不是目的地，而是沿途的风景以及看风景的心情。流云在天边，行囊在眼前，有一条通往太阳的路无边又无沿。人生有了方向，就有了奋斗的理由。多一份随意随缘，生活也就多了一分顺心愉悦。少计较，多宽容，知满足，不颓废。给自己力量，为自己加油，顺其自然、随遇而安，才能过好生命中的每一天。

拥有好心态，才是人生最好的状态

人这一生，活的不是心情，而是心态。用一朵花的心态看世界，世界就在花中；用一只眼看世界，世界就在眼前；用一颗心看世界，世界就在心里。生活虽有烦恼，虽有得失，却也有着不同的况味值得细品慢酌。美丽的风景，不如美丽的心情；美丽的心情，不如美丽的心态。所谓生活，不过柴米油盐；所谓烦恼，不过鸡毛蒜皮。学会释然，学会宽容。一笑而过是人生的淡然，也是人生的优雅。

每天当黎明的太阳冉冉升起，便又是美好的一天，生活就像减法，每一页撕去，都不可以重来，所以请珍惜每一天，让每一天都活在感恩之下，活在快乐之中。

人生最大的成功，除了拥有一个好身体，就是拥有一个好的心态，使自己无时不快乐、无事不淡然。看得开，放得下，想得通，理得顺，不纠结，不遗憾，便是人生最好的状态。

都说生活不容易，其实生活才是我们最好的老师。就是生活，教会我们成长；也是生活，让我们学会坚强；更是生活，将我们曾经那些锋芒毕露的棱角磨圆，让我们变得圆润，变得温柔，变得将仇恨遗忘、将得失看淡。于是我们学会了比以前快乐，即使难过，也能微笑面对。

人生的路，起点叫出生，终点叫死亡。从起点到终点，也就短短几十年，钱财，花着花着就没了；名声，传着传着就淡了；感情，谈着谈着就散了。钱再好，也不能让时光倒流；名再响，也不能让青春永驻；情再真，也不能生生世世相守。所以凡事别太看重，钱就当日用品，名就当奢侈品，情就当体验品，见识过、感受过就足够。人生在世，短暂如流星，与其闭上眼许愿，不如睁开眼实现。该爱的时候，别犹豫；该说的时候，别隐瞒；该做的时候，别等待；该放的时候，别不舍。

光阴，从不曾厚此薄彼；生活，就是一种积累。你若努力储存温暖快乐，你的生活就会阳光明媚；你若过多储存寒凉苦痛，你的生活就会阴云密布。请丢掉烦恼与惆怅，带着最美的微笑出发。脚下，有路在；前方，有希望在；心灵深处，也会储藏着灿烂的阳光。对信任你的人，永远别撒谎；对你撒谎的人，永远别信任。我们总以为真心对人，也可以换来别人的真心对待，拼了命不让身边的人难过，可后来却发现受伤的是自己。永远不要企望别人都与你相同，我们只需坦坦荡荡、问心无愧。时间，带不走真正的朋友；岁月，留不住虚幻的拥有。走过一段路，经历一些事，才能真正看清一些人。

决定一个人成就的，不是天分，也不是运气，而是坚持和付出。记得每天鼓励自己，越努力，越幸运，懂得感恩，才会幸福！

走过，经过，尝过，还是平淡最美；听过，看过，想过，还是简单最好。平平静静、安安稳稳，体会着生活的善良淳朴；简简单单、勤勤恳恳，感受着人生的真实美好。生活可以复杂，可以简单，看你拥有怎样的心态，简单就真实，平淡就淡然。没有虚伪，不戴面具；不去张扬，甘愿淡泊。真心、真情、真实。

不要瞧不起任何人。鸟活着时，吃蚂蚁，鸟死后，蚂蚁吃鸟。一棵树可以制成一百万根火柴，烧光一百万棵树只需一根火柴。时间和环境随时改变。莫贬低或伤害任何人。这一次你强，但时间比你更强。你瞧不起别人的时候，别人可能更瞧不起你，只不过别人不暴露出来，不和你计较罢了。花，姹紫嫣红，却只是昙花一现：树，朴素寻常，却可以百岁长青。活着，低调做人、踏实做事。

世态可以炎凉，做人必须善良

所谓善良，并不是没有锋芒，而是面对那些动不动就道德捆绑、随意指责他人之人，能够驳之、应之，却不必恶语相向；所谓善良，并不是任人欺负，被人当软柿子捏，而是有能力正面理解并处理那些多事、挑事之人，且不备多余的攻击伤害之心。

所谓善良，并不是指逆来顺受到不顾是非黑白，退让容忍到没有原则底线。谁都不要拿善良当作道德捆绑别人的工具。大家皆凡人，当你感觉不爽不悦的时候，先反省一下自己是否已有不妥言行。责怨别人之前，先审视一下自己。一个真正善良的人，一定是一个极具温情之人，共事无须多言，就能感受到来自内心的温暖。

所谓善良，不仅仅是对别人的一种要求，更是对自己的一种修行。心若善，言行善；心有善，则有情。一个心地善良的人，必是一个温暖如阳的人，懂得推己及人，知道设身处地。

"看见别人有错，如果帮不了，不落井下石也是一种善良；看见别人伤心难过，如果不安慰，不幸灾乐祸也是一种善良；看见别人有难，如果不想帮，不趁火打劫也是一种善良；看到工作需要，如果帮不上，不帮倒忙也是一种善良；看到国家有难，出不上力，不当汉奸也是一种善良。"

善良仿佛是心田的一粒种子，只要生根发芽，就会收获意想不到的甜果。善良是一束美丽的玫瑰，赠予他人，手有余香；善良是人与人之间的解语花，彼有体谅，此有宽容。

人品以正直为尊，心地以善良为贵。有些人嘴上很凶很率真，但内心却是善良无邪的；而有些人巧言善辩、随处结缘，内心却并不一定纯良。

善良是一种修养，更是一种选择。心存美好，则无可恼之事；心存善良，则无可恨之人。人与人都是相互的，你施人温暖，人便会予你阳光，你施人真心，人自会予你和善。

烦躁的时候，缓一缓；委屈的时候，忍一忍。发火之前冷静一下，怪怨之前先体谅。相信没有谁愿意故意伤害谁，毕竟人之初，性本善。自律和宽容皆是一种善良的体现。

余生很长，记得善良。安守清寂、不染风尘，与春阳同行、与快乐牵手，感知阳光雨露的清新，欣赏秋风落叶之静美，将善良种植于心田，将阳光储存于心间，以感恩的心行走于尘世，以温暖的微笑面对生活。就算世态可以炎凉，但做人必须善良。

达观处变，静待人生起伏

心是一个人的翅膀，心有多大，世界就有多大，此处的大，说的是一个人的胸怀，而非一个人的欲念。心旷，则万钟如瓦缶；心隘，则一发似车轮。如果不能打破心中的四壁，即使面朝大海，也不能感受到春暖花开的美景。只有心中有景的人，才能看到更多美好的事物。

心量宽广之人，可包容世间万物，无须刻意，已然从容自得。而心胸太过狭隘之人，即便一点细微之事，也足以扰乱心智、烦忧不解。

一个人的胸怀，决定一个人的生活境界的高度。那些能够将世味烟火过出闲淡姿态的人，可以花前观蝶舞、月下品香茗，也可以风中闻鸟鸣、雨下听虫吟。盛衰无常，强弱安在。宠辱不惊，闲看庭前花开花落；去留无意，漫随天外云卷云舒。

平淡的日子里，要学会给自己一个动力；在激昂的情境下，亦要提醒自己持一份淡泊。即便在繁忙中，也会适时给心灵一次释放；置身在喧闹繁华中，依然会给自己寻找一份宁静。离尘嚣，可令人心远离红尘杂念，心不乱才能欲不杂。

面对是非时，少说多听才能明白原委。不妄评，不谣传，以一颗柔软之心包容真相背后的苦衷，是一个人最好的良善。置身喧嚣，人进我退才不会迷失自我。不盲目，不盲从，能够从冷视热、从冗入闲，才可从容不迫、冷暖自持。口，不能随心，得有尺度；欲，不能随性，得有节制。尘世的喧嚣，皆因人心；世间的浮躁，皆因人言。寡言是一种境界；包容是一种胸怀；淡泊是一种智慧；克己是一种修养。

静下来，才能听到最真的声音；放低自己，才能更准确地认清自己。每个人的才华、时间和精力都是有限的，人各有所长，各有所短。有些事情，别人能行，你未必也能行；也有些事情，今天不行，不代表永远不行。

《论语》曾说："与日三省吾身"，一颗善于反省的心，胜过一张炫耀的嘴。与其一天到晚费力地去追逐力不从心的海市蜃楼，不如沉下心来，脚踏实地朝着适合自己的方向努力。无志之人常立志，有志之人立长志。虽难免失败，但却从不挫败，心坚意持，不轻易选择，亦不轻易放弃。

生活就是要允许美中不足。接受天遂人愿，也接受事与愿违。打不开门，能推开一扇窗也是好的。关键就看在面对不尽人意时的心态。一条道走不通的时候，总是要学会拐弯的。换个角度看，或许困窘也是另一种启迪。

人这一生，不求能够如大鹏般翱翔于蓝天，但也需要拥有能够气吞八荒的胸襟。无非一场经历，除了生死，哪一件不是小事。与其相信命运，不如相信努力；与其抱怨不前，不如兵来将挡、水来土掩。

得到未必幸福，失去也不一定痛苦。人生如行船，风平浪静是有时，波涛汹涌亦有时，以一颗平常心，接受起落浮沉，让心胸如大海一样宽阔，像草原一样广袤，又何惧人生风雨兼程、阴晴相伴。达观处变，静待人生起伏；坦然面对，享受人生所有。

善良　是开在心上柔媚的花朵

无论岁月如何变迁、时空如何转换，心有善良，都是我们生活中不可缺少的品质。善良是开在心上柔媚的花朵，更是人与人之间互相交往的基本素养。

在人心叵测、处事复杂的当下，唯有面对善良，我们可以不设防、不伪装，袒露胸襟、展现真实。即使鲁莽，也能得到理解；即使直率，也不必担心被算计。我喜欢与善良的人做朋友，因为与善良的人对话不需要拐弯抹角、闪烁其词，与善良的人共事不需要多个心眼、反留一手。

谁不愿意和相处舒服的人在一起，谁不渴望多几个相处不累的朋友。生活已然不易，唯有和善良的人在一起，才会格外舒心踏实。

其实善良是一种传递，用言行把善意传递给别人，让人感受到温暖与信任。善良是一种胸怀，使我们有怜悯之心，有关爱之情，有体谅情怀，有奉献精神。不仅让自己在物欲纷繁里不沉沦，也使自己在生活里得到奉献与助人的乐趣。

真正善良的人，一般是做不出恶事的；而那些本性不够善良的人，也是装不出善良的样子的。

因为真正的善良，并不单是形式上的一种表现，更多是一种内在；不是在庙里多么虔诚，而是在生活的细微之处显示出对他人的尊重与关怀。

善良是一种行为美，也是一种内在美。有如心里种下甜蜜，脸上会洋溢着微笑一样，善良就是心田里最茁壮最美丽的种子，善良还是浇灌这种子最及时有效的甘霖。相从心生，心善则貌美。善良的人，无论长相怎样，他都是这个世界上最美丽的人。自私的人，即便面若桃花，也放散出狠毒的邪气，让人望而生畏。

所以修行要先修心，行为表，心为根。以善良为师，得到的是正义和正直的教诲，即使步履平凡，也不失不俗的境界；以善良为师，得到的是质朴和慷慨的帮助，即使交往淡如水，也不失君子风范。善良使人的心灵仁爱，使人的视野宽广，使人的心胸慈悲。

生活中善良无处不在，用心感受，会体会到不同的善良。心存善意，我们就一定能收获到活着的意义；摒弃善意，我们的生命将会暗淡无光。我们的生活需要善良，做人更需要善良

善良不仅仅是一个人的个性素养，更是一个人延续生命的力量。当善良成为生活里的一种习惯的时候，快乐就如涓涓细流，时时在眼眸里流溢，愉悦自己，也快乐别人。

善良也常常被人误解，因为善良给人以宽容，却被看作是软弱；善良给人以亲切，却被看作是虚伪；善良者为人老实，却被人看作是窝囊；善良者做事谨慎，却被看作是保守。即使是这样，善良还是镇静不失初衷、坦然不失本色，它相信自己的抉择，自然要保持自己的尊严。问心无愧，自当从容不迫。

美国作家马克·吐温称，善良为一种世界通用的语言，它可以使盲人"看到"、聋人"听到"。心存善良之人，他们的心滚烫、情火热，可

以驱赶寒冷、横扫阴霾。善意产生善行，同善良的人接触，往往智慧得到开启，情操变得高尚，灵魂变得纯洁，胸怀更加宽阔。与他们相处，你不需要有所顾忌、有所防备，而会感到很舒服……

　　努力做一个善良的人，让善良成为开在心上不败的花。只有美好的品行才能塑造美好的形象。做过的事说过的话，动人之处都会存在心里。心若美好，自有光芒；心若善良，步步生香。

第二辑　岁序静好

低眉　在岁暮光阴处浅笑

岁月荏苒、光阴含笑，流年是指尖握不住的沙，堆积成簇，暗藏欢笑无数。岁暮冬日，注定是寒冷的。我躲在季节的角落里，用一颗淡然的心与岁月对饮，以一盏清茶的淡雅，蒸腾那一窗兀自盛开的冰凌花。冰融、花消，化作一片晶莹的小水汽，缓缓沉落，以一种花开的姿态，绽放于晨起的光照中。仿佛是一场生命的起落，因为酸甜苦辣的感悟和沉淀，而更加厚重、隽永。

低眉，在岁暮光阴处浅笑，一季飞雪，散落心事无数，在那春暖花开之前，播下美好愿望的种子，待到来年春光潋滟之时，再将那一个个含苞待放的心愿盛开成一朵朵娇羞欲滴的花儿，随细雨浅吟，伴清风低诉。

都说人生是一场即兴演出，而现在的你就是过去的你所造。这一路不惧风雨而来，也许途中不可能总是顺心如意，但持续朝着阳光走，影子就会躲在身后。抬头刺眼，却是对的方向；五光十色，才是梦的斑斓。

如此恬淡的时光，且让我静下心来，把思想掏空，去聆听自己的心跳。此刻，不说是幸福，也算是享受。如果记忆不说话，流年是否也会开出花？

　　生命本就需要宁静与淡泊，宁静时拥有一份睿智，淡泊时自有一份从容。

　　心无旁骛，就能专一；心无一物，就能容物。百川入海，是因为海的低；水能生万物，是因为水的无欲。柔软的，即是生命的；刚强的，即是死亡的。心柔则生慈悲，心软则懂得博爱。只有拥有一颗平和的淡然之心，才能在这喧嚣的红尘觅得一方净土，用来安放灵魂。

　　人生如果有选择，那就选择最好的；如果没有选择，那就努力做到最好。因为那份执着，才会变得那么坚强；因为那份坚强，才会变得那么强大。给自己一些时间，也给自己一份宽容。原谅做过很多傻事的自己，接受自己，爱自己。相信过去的都会过去，该来的都在路上。

　　命运不会亏欠谁。看开了，谁的头顶都有一汪蓝天；看淡了，谁的心中都有一片花海。经过人生的荒凉，才能抵达内心的繁华。内心沉稳，在于悲喜不露于色；心智成熟，在于好恶不露于行。好听的话别当真，难听的话别较真，这样自然过得轻松自在。

　　时光如水，芸芸众生在经历过悲欢离合之后，才会懂得更加珍惜身边的每一份相知；磕磕绊绊、一路颠簸，在经历过成败得失之后，才会懂得更加努力地去争取美好的未来。

　　年龄是生命的长度，修养是生命的宽度。人生在世，只不过几十年，犹如短短一瞬，来去匆匆。随着一声啼哭来到世间，不带任何东西，尝尽世间酸甜苦辣之后，又淡淡地离去，不携一粒灰尘。空空而来，空空而去，唯有净空，才是生命的始终与真谛。

　　岁暮寒冬，一场雪花的飘零，终将融化于暖阳的怀抱，最后无声浸润这万里江山。或许，这就是宿命。

莫恋银装素裹似童话，莫叹雪消逝水淡无痕，缘来自现，缘尽必散。总有一天，我们将学会不再忧伤，因为我们早已像冬与雪一样，完成了既定的相聚，坦然才是最后的从容。

摊开双手，拥抱冬季的暖阳，微笑是时光深处给予自己最美的姿态。

无论黑夜多么漫长，黎明总会如期而至

　　都说时间改变一切，其实一切也都改变着我们。多少原先看不惯的，如今也都习惯了；多少曾经很想要的，现在也可以无所谓了；那些开始很执着的，后来也会很洒脱了；就连有些原以为改变不了的，最后也可以随意随缘了。

　　苛求很多的时候，往往是一种负累。总想着什么事情都可以按自己心中规划的模样呈现，却发现很多时候事与愿违，心里一团糟。否极泰来、苦尽甘来，当困难难到一定程度的时候，恰好就是拨云见日之时。当内心做好了承受一切的准备之后，反而会觉得一切变得轻盈了很多。

　　有时候你把什么都放下了，不是因为突然就舍得了，而是坚持了那么久，突然就很累，想要换种方式尝试一下。倘若人生都能及时变通、及时转换角度，那又何愁没有阳光明媚。

　　莫言曾说过："世界上的事情，最忌讳的就是个十全十美，你看那天上的月亮，一旦圆满了，马上就要亏厌；树上的果子，一旦熟透了，马上就要坠落。凡事总要稍留欠缺，才能持恒。"

生活中的我们又何尝不是如此？不要凡事都想着追求完美，人活着最大的无奈，就是很多事情都不可能顺应我们的理想状态去发展。

　　总有那么些时候，无助，渴望有人能拉一把，好像没人帮忙就要熬不住了，结果被逼无奈到最后，还不是自己迈过了那道坎儿。这世上没有谁一定会帮谁，帮了是情分，不帮也是本分。与其苦苦渴盼，不如自己想办法。毕竟自己的人生自己走，自己的日子还是要自己过。

　　不要拒绝忙碌，因为它让你充实；别去抱怨挫折，因为它让你坚强；更不要去拒绝微笑，因为它是你最大的魅力。远离那些故意抹灭你自信让你变自卑的人，多去接触那些阳光爱、笑充满正能量的人，时间久了，你会觉得自己浑身都是劲儿。

　　人这一生，谁还没有个难的时候，只要你扛住了，所有的困难就都是暂时的。很多事情都是水到渠成的，急不得，躁不得。任何美好的状态都不会轻易降临。等吃够了当下的苦，未来的甜才会顺理成章地来，你也才能心安理得地享受。

　　生活总是让我们遍体鳞伤，但请相信，你今天受的苦、吃的亏、担的责、扛的罪、忍的痛，到最后都会变成光，照亮以后的路。

　　这世界有时很坏，你越在意什么，什么越会折磨你。没有人可以回到过去重新开始，但谁都可以从现在开始，书写一个全然不同的结局。

　　有些压力总是得自己扛过去，说出来就成了充满负能量的抱怨。寻求安慰也无济于事，还徒增了别人的烦恼。而当你独自走过艰难险阻，走出阴云密布必然会有艳阳当头，到时候，你一定会感激当初一声不吭咬牙坚持着的自己。

　　无论你正经历着什么，过得是否开心，时间都不会因为你的疲惫，而停下它的脚步。也正是因为如此，你每熬过一天，就意味着距离出头之日更近了一步。

　　不要放弃，不要灰心，不要哭泣，更不要焦躁。倘若已然辛苦，又何必让自己更苦。相信好脾气都是磨出来的，坏毛病都是惯出来的，每个真正强大起来的人，都要度过一段没人帮忙、没人支持的日子。所有事情都是自己一个人撑，所有情绪都是只有自己知道。但只要咬牙撑过去，一切就都不一样了。

不要把自己活得像落难者一样，急着告诉所有人你的不幸。总有一天你会发现，酸甜苦辣要自己尝，漫漫人生要自己过，你所经历的在别人眼里都是故事，也别把所有的事都掏心掏肺地告诉别人，成长本来就是一个孤立无援的过程，你要努力强大起来，然后独当一面。那种自我成就的人生，品尝起来才更有味道、更加厚重。

只有先改变自己的态度，才能改变人生的高度。以宽容之心对待别人，以豁达之心面对生活。迷茫的时候，冷静的思考，确定自己想要的是什么，就下定决心去做、去坚持。不用告诉什么人，也不必在意所有人，你只管努力坚持，其他的全部交给时间。

那些你不能释怀的人与事，总有一天会在你念念不忘之时早已遗忘；那些你原以为受不了的苦；迈不过去的坎儿，总有一天成为踩在你脚下的过去。无论黑夜多么漫长不堪，黎明始终会如期而至。

一朵自由行走的花

一直以来，踽踽独行于陌上繁华，不顾一路春花缱绻、蝶舞翩跹，只顾一人颔首低眉、缄默前行。那一季，百花齐放、春意盎然，我曾将心中最旖旎的心事浸满花香，在那微风拂面的日子里步步生香，迎面而来。

本以为一窗花事共天长，却不想秋风寥落锁清寒，扫落万千花红碾作尘，相遇未及已作别。

都说留不住的，不需用力；留得住的，无须费力。来去随缘，自是强求不得。

我记得我曾在那一片桃花树下，写下你的名字。可是清风过处，那原本笔笔清晰的痕迹却化作了一阵风沙，卷入一阵风烟，消失不见。

流年无恙、浮世清欢，原来人生有很多遇见，不过芳华刹那。那些擦肩而过的短暂停留，最终都只适合相忘于江湖。人的一生当中也许会经历许多爱，但千万别让爱成为一种伤害。在达到幸福彼岸的途中，谁不经历几场波折与坎坷。别在渡船的码头，等待一个晕船的人；别用自己的执念，去期盼一个不归的路人。

那些年轻的身影、稚嫩的肩膀，尚且经不起一场时光的交付、倾心的相待。你可以为爱低到尘埃里去，但这世上恐怕很难有一个人，会爱上一个尘埃里的你。与其为爱卑微、受制于情，不如挣脱心中枷锁，做一朵自由行走的花。

管它风起云涌、垂柳摇曳，亦是独绽枝头，自享芬芳。纵是微雨柔情、有心垂慕，亦是清醒自持，只待暖阳如常。

也许淡漠，是对自己最好的保护；时间，是对伤痛最好的良药。走过花样的年华，谁不曾稚嫩，谁不曾年轻，谁不曾痴狂，谁不曾单纯。只不过现实的风沙太多残酷，多少次被蒙蔽了双眼，打疼了青春的脸颊，才变成了一副小心谨慎又冷漠无情的姿态。

至此，你的世界，与我无关；我的世界，你也只配旁观。那一路的成长，就像那些振翅飞舞的蝴蝶，一再地蜕变、一再地祝愿。既不思虑，也不彷徨；既不回顾，也不忧伤。

多少次，在漆黑围绕的时候，就努力用心中的信念的明灯照亮前程；在荆棘铺路的时候，就奋力用理想的利刃披荆斩棘；在风雨狂作的时候，更是学会了用坚强的大伞撑起属于自己的晴空。

人生总有一些路需要自己去走，心中没有了依赖的渴求，自然也就在无形中强大了起来。谁不曾一意孤行，只为证明我可以。对不珍惜自己的人最好的报复，就是更好的自己，让自己耀眼的光，闪瞎盲目的眼。为自己争气的路上，不怕那重重阻碍，怕只怕少了那份坚定的信念。

其实人生如旅行，我亦是行人。但愿初相遇，不负有心人。只是风烟流年，谁的青春不迷惘，谁的判断不失误。路过风和雨，才知道不轻言放弃的，才是深爱；经历过思与痛，才懂得不变不移的，才是真情。爱情不是终点，陪伴才是归宿。

这一世，已然因了凡心恋红尘，悲喜欢愉，皆是注定要遍尝。

来生，我只愿自己可以是那陌上的看花人，无须入尘缘，仅行于陌上，看一川风花，无爱亦无伤。

好好活着，珍惜每一天

一直都觉得人生苦短，应该好好活着，珍惜每一天。但想归想，日常生活中，又能做到几分？想着想着，日子就已然从指尖溜走，一日，又一日。身为凡夫俗子的我们，谁又能真正做到心态平和，谁又能真正做到内心淡然。

最近朋友圈总是隔三岔五地出现有人离去的消息。认识的，不认识的；近处的，远方的；年轻的，年长的；有钱的，没钱的。仿佛死神是一个被蒙蔽了双眼的盲人，任意在人间游走，逮住谁谁倒霉。

原来在病痛面前，人人平等；面对死神的突然而至，任谁都是那么的束手无策。

或许内心可以努力强大，但生命有时候却是那么脆弱。当突然离去的人变得越来越多的时候，我们在惊诧之余，是否也不禁感叹，内心也曾有惶恐。以前我们总说，不知道意外和明天哪个先到来，所以凡事看淡一些。都说生老病死乃自然规律，可是说到底，又有几人能够看透生死。在想到假如自己也要死去的时候，当真没有不舍，可以不怕，觉得那么云淡风轻吗？

如果做不到，就不要逞强，事实上，活着的我们，哪个人不希望自己健康地活着，且活得长久。就算不是为自己，也是为了那些牵挂和被牵挂的人。生命来来往往，来日未必方长。为了自己起码的求生欲，也为了那些爱着我们和我们爱着的人，从这一刻起好好活着。

往后余生，请用心地活着。不要不舍得吃，也不舍得喝，生而为人，倘若连起码的温饱都不舍得为自己，那活着还有什么意义。吃健康的食物，过有品质的生活。不求大富大贵，只求能力范围之内多一些舒适安逸。

往后余生，请快乐地活着。不要总是为了生活中那些鸡毛蒜皮的琐碎事情而斤斤计较，不轻易动怒，不随便生气，凡事想开些、淡然些、平和些、随意些。一切以心情好为宗旨，尽可能地让自己和身边的人，活得轻松愉悦些。《内经论》中说："余知百病生于气也，怒则气上，喜则气缓，悲则气消，恐则气下，寒则气收，炅则气泄，惊则气乱，劳则气耗，思则气结。"气之在人，和则为正气，不和则为邪气。凡表里虚实，逆顺缓急，无不因气而生，故百病皆生于气。所以没事儿不要老生气，人生除了生死，什么不是小事，何必伤身体。

往后余生，请好好地活着。不要亏待自己，也勿亏欠别人。想做什么就去做，想去哪里就行动起来。不要追求太多，不要压力太大。钱财名利，不过浮华，身体健康，才是无价财富。做所有有利于身心健康的事情，多做运动，多看书，多听音乐，多保健。善待家人、朋友，更要善待自己。

没有什么事情值得你愁眉不展、郁郁寡欢。情绪丝毫不能解决问题，只能让心情变得更加沉重。只要有健康的体魄、相爱的家人，就已经拥有了幸福，其他还有什么非及不可。

往后余生，请为了爱你和你爱的人，用心地活着、开心地活着、健康地活着、好好地活着、幸福地相伴，如此就是最大的幸运与财富。

心若年轻　则岁月不老

所谓年龄，不过就是一个冰冷的数字。时光流转、岁月叠加，我们走过一季又一季，或许年轮可以刻下沧桑，迟暮容颜，但却不能苍老我们的内心。心若年轻，则岁月不老，无论走过多少春秋，只要你不觉得自己老，自己就可以永远年轻；心若老去，则人生荒年，就算正值青春年华，内心世界却是未老先衰，那也会是一副老气横秋的消极之态。

岁月，不因美中不足而遗憾，却因沧桑冷暖而丰盈；人生，不因时光飞逝而变老，却随心态调整而改变。心再苦，不必常说，说多了只会更苦。主宰生活的唯有我们自己，而不是别人。没有人可以帮我们去生活，因为每个人都有自己那一摊事儿，生活于谁都是公平相待；路再艰难，不必逃避，只需脚踏实地地走过。相信物极必反，山穷水尽时，也是柳暗花明处。

烦恼由心起，凡境皆心造。如果你驾驭不了命运，命运就来支配你；如果你摆正不了心态，你的人生势必倾斜。把握自己的命运，重在养成良好的心态，看不到的就不要过分地探究，你没必要啥都知道。生活有时候是需要我们糊涂一些的。何况有些事情，知道了能怎样，不知道又怎样，还不如少些计较、多些心宽。看不透的，无须为之神伤，能够看穿世态万相的，唯有圣人，什么都了然清明了，那也就不是凡尘中的你我了。行不通的，那就换一个视角，没必要一条道走到黑，要认真地生活，但不是认真地追究。

苦诉说，是软弱；苦不言，是坚强。从容，无须多言；淡然，不拘小节。人生不可能完美，要学会接受美中不足，欣赏十全九美。不必纠结，不必叹息，给生活一份随意，也是给自己的一份柔和，更是对他人的一种宽容。自信地生活、开心地欢笑，成功与快乐并驾齐驱，平和与淡然如影相随，不以物喜，不以己悲。心不老，则路不尽。

闲来无事的时候，邀三两知己泼墨品茶、互诉衷肠，在这处处勾心斗角、尔虞我诈的当下，能有良友相伴，能够无话不谈，那份畅所欲言的畅快、那份慰藉心灵的温暖，未尝不是一种惬意的享受。

快乐无界限，只要你有阳光的姿态，你就会得到青春不舍离去的依赖。岁月你别催，该来的我不推，走远的我不追。我只想以一颗不老的心态，换取生活每一天的温柔相待。

心若年轻，何惧岁月流转；心若年轻，无畏年龄增长。嬉笑怒骂即是生活，花开花落便是人生。人无常势，水无常形，繁华过后皆云烟，淡到极致皆寻常。山一程，水一程，走过的都是春秋，看过的都是浮云，唯有走过的每一天属于自己，不如张开双臂，尽情拥抱每一幕花开的幸福，悄然领悟每一片落叶的安息。看淡了春秋，自然看淡了如梦的起落浮沉，且以泰然处流年，不以悲喜论人生。放平心态，不惊不扰，心若年轻，天地不老，保持年轻，青春常驻。

岁月，经不起等待

　　总是习惯性地以为岁月是漫长的，走过了春，还有夏，送走了秋，还会有冬。反复更迭的季节，仿佛拉长了岁月的影子，却不想其实最是岁月经不起等待。

　　平凡的生命徜徉在无常的世海，谁都不知道下一秒将会发生怎样意想不到的状况。生命中有很多人，本以为可以多一个春暖花开的相伴，却在一场风雨过后，模糊了转身的背影；本以为还能再一次相见，哪怕只是最后的告别，至少还可以有一个诀别的机会，却不想所谓无常，就是那么猝不及防。多少人一别就是海角天涯，再见无期，甚至比天涯更远，便是阴阳永隔。很多事情在想做的时候，总是犹豫不决，想着再考虑考虑，想着等待一个更好的时机，而等来等去，等到最后的结果，不是错过，就是再无机会。

　　看似漫长的人生，其实何其短暂。短暂到只是一个转身的距离，就足以让彼此从此成为生命中的梦幻泡影。看似漫长的岁月，最是经不起等待，多少人就是在岁月不知不觉的流逝中渐行渐远、渐渐老去。

以前总觉得未来还很长，什么事情都可以暂缓、都可以推后、都可以再等等。而今随着经历的越来越多，对无常认知的越来越深刻，我便再不想等待。

我宁愿神经质地把生命中的每一天，都当作最后一天珍惜起来，也不想在松散懈怠中去蹉跎度日。不要去想等有时间了怎么怎么样，如果你想，现在就去做。想请一个朋友吃饭，就去请；想见一个老朋友，就赶紧联系；想带年迈的父母出去玩儿，就来一场说走就走的旅行；想要实现一个梦想，从此刻起就付诸行动。不要等待，不要踌躇，多少美好的时光就是在想来想去的踌躇犹豫间悄然而逝。

很多时候，或许自己可以等，但不代表别人也可以等；就算别人也可以等，却不能代表时间它愿意让你等。不要等到一个人的转身天涯，才觉得有些话没来得及说；不要等到生离死别，悲伤之余才愧疚有那么多事情还没来得及做。时间从来不等人，你所谓的等待，只是在给自己的拖延找借口。如果想，就别只是等，下定决心，就让自己行动起来。

生命中有多少人，与我们擦肩了，却来不及遇见；遇见了，却来不及相识；相识了，却来不及熟悉；熟悉了，却还是要说再见。多少依赖，最终也要诀别于无奈的不舍中；多少眷恋，终究还是要风干在岁月的尘烟中。

所以有生之年，对自己好点，因为一辈子其实真的没有你所想的那么漫长；对身边的人好点，珍惜当下还能每天相见相伴的日子。说想说的话，不要掖着；付想付的真心，不必藏着。

用心当下，才能无悔将来。珍惜身边每一个亲人、每一位朋友，因为岁月经不起等待，因为下辈子不一定能遇见。

人生是一场相逢

人生是一场相逢，所有的离别也许都是为了久别重逢。那些远走天涯的人，也许会在现实相逢；那些与世长辞的人，也许会在梦里重逢。只要岁月不止，那些所有途经我们生命的人，最终都会成为岁月里的风景。

有缘而聚，缘尽而散。相聚，有多种方式；离别，亦有多种形式。生命来来往往，总有些面孔突然闯入你的眼眸；也总有些身影，渐自淡出你的生活；而另一些名字，蓦然回首，已不记得什么时候开始模糊不清。

世上之事，就是这样，该来的自然会来，不该来的盼也无用，而那些注定要离开的，最终还是会离我们而去，求也无益。当事情已然被贴上了往事的标签，那么剩下的也就只能是回味。深情也好，想念也罢，那些矫情的话要尽量憋在心里，天亮了你就会庆幸没有说出口。

别去打扰那些连回你话都带着敷衍的人，也别去打扰一个不愿意理你的人。汝视其为宝，彼却待汝如草，这样的人，就算付出再多、做的再好对方也是看不见的，看见了也是不稀罕的。与其在一个这样的人面前卑微乞怜，真的不如潇洒转身，去看看蓝天白云，看看那属于自己的风景。

与其仓皇地追赶日落，不如静待漫天繁星。命中注定的，不必追；命里没有的，追不来。生命当中有好多东西本没那么好，就是因为得不到，才特别想要。其实不是所有相逢都写满幸福的感动，有些相逢注定要以离别而终。一场花期一场相逢，花开花谢都是宿命，无须承受，接受就好。

如此相聚离别，皆能从容，来来往往，自是寻常。

有些人出现在你的生活里是为了告诉我们，奋斗的目标是怎样的，而有些人出现在你生活里，则是为了告诉你，千万别成为他那样的人。

时间是最好的过滤，它会告诉你，哪些人可以珍藏在心间、妥善安放，哪些人可以渐行渐远、忽略不计。那些曾经心心念念爱而不得的相逢，最终还是走上了时间的荒漠，不见亦不念。慢慢地，经历得多了，便变得多了几分淡漠。其实不过是看透了人世间这分分合合的剧目，也看淡了那聚聚散散的悲欢。

而淡漠的人总是显得有点不合群，不是因为她融合不了别人的形形色色，而是她内心比别人更清楚自己在乎的是什么，追求的是什么，想要的是什么，珍惜的又是什么。若你不曾知道一个人曾经经历过什么，那么切忌太多盲评。毕竟每个人都需要独自行走，纵然人生几多相逢，但孤独却是常态。

人生不过百年，得失宛如云烟。该来的总会来，该走的留不住。抗拒也好，但最好你喜欢，并且欣然接受，淡然待之，生活就简单。每一个坚强的人，都有一颗柔软的心，摆正心态，温柔自相随，哭给自己听，笑给别人看，这就是所谓的人生。

不忘初心　光华永在

　　每个人都有自己的初心，它是出生时的第一声啼哭、恋爱时的第一次萌动、梦想时的第一次出发、旅行前最想抵达的地方。

　　初心是一种方向，不怕路途遥远，就怕中途迷失。一个人只有心中确立了最初的梦想，笃定了前进的方向，才不会被各种诱惑所迷惑而偏离人生的轨道，才能自觉地承担起应有的责任和担当。

　　轮船之所以能够在浩瀚的大海中停靠于彼岸，不是因为海面没有狂风巨浪，而是因为它有坚定不移的掌舵手；候鸟之所以每年都要大量的迁徙在固定的地方，不是因为它们不想拥有更多的领地，而是它们知道哪里才是最适合自己的归宿。

　　而在这个物欲横流的时代，我们却常常忘记初心，正如纪伯伦所说："我们已经走得太远，以至于忘记了为什么出发。"

　　因为忘记了初心，我们走得十分茫然，多了许多柴米油盐的奔波、少了许多仰望星空的浪漫；因为忘记了初心，我们已经不知道为什么而来，又要到哪里去，途中多少乱花渐欲迷人眼的纷繁，竟让我们迷失了最初的方向；因为忘记了初心，时光荏苒之后，便经常会听到有人在忏悔，后知后觉，假如当初不随意放弃，现在又是不是会不一样。

纠结迷茫的时候，让我们在最空的地方安坐，放空心灵，让心归零。人生有时候，需要缓冲来清醒、思考来明志。摒除欲望杂念，只愿心怀清欢，唯有此时，那份初心才会拨云见日，再次明朗。

初心是一种坚持，也是一种信念。你敢给它足够的坚守，它就会给你足够的惊喜。山峰美景如何，你不抵达，永远无法想象。不能因为爬山的过程很累，风景很美，就忘记了为什么要选择这一次攀登。

人生只有一次，生命无法重来。如水的光阴，没有太多的余地任我们挥霍与浪费。每一次启程，都想清楚为什么出发，目的何在。只要目标明确，就不要畏惧会有考验。任何没有付出的成功，都毫无意义。何况人生哪来平白无故的成功。

行走在路上，让我们时刻记得自己的初心。经常回头望一下自己的来路，回忆起当初为什么启程；经常让自己回到起点，给自己鼓足从头开始的勇气；经常纯净自己的内心，给自己一双澄澈的眼睛；经常告诉自己，每前进一步，都离梦想更进了一步。

初心是人生起点的希冀与梦想，是人生开端的追求与动力，是迷途困挫中的恪守与坚持，是事业成功的承诺和信念。不忘初心，才会找对人生的方向，才会坚定内心的追求，抵达理想的彼岸。

当春天带来新的希望，当花开绽放勃勃生机，我相信每天清晨的每一次醒来，都是生命的延续。无论生活给予你多少磨难，都没关系，重要的是做好自己。花若盛开，蝴蝶自来，人生最可贵的事就是每天都有一颗积极的心，去创造自我存在的意义；以一颗最阳光的心，去实现自我存在的价值。每一天都是新的开始，只要用心，输赢都是精彩，一切都是最好的安排。

余生保持自己的风格，天天向上，日日向阳，爱我所爱，依旧倔强，不为风月，且行且惜，不忘初心，光华永在。

累了就睡觉，醒来就微笑

习惯了一个人的时光，仿佛整个世界都是静寂无声的，没有纷扰、没有喧闹、没有灯红，也没有酒绿。每一天都是那么规律而清淡，安静而又简单。

生活不求大富大贵，只求温饱安暖，远离职场尔虞我诈，只以一份随意随缘的心态做自己喜欢做的事情。累了就睡觉，醒来就微笑。

其实生活要的就是一种状态，或者说是一种心情。不论工作多么繁忙，杂事多么琐碎，总要先调整好自己，做事情才会有事半功倍的效果。否则劳民伤财，终究也是差强人意。累的时候，也允许自己歇一歇；烦的时候，也给自己放一个小假，定期给自己进行一次缓存清除，装的东西太多，谁都会累，没心没肺更容易受到快乐的青睐。

带着阳光和雨露的清新，与花香相拥，与时光对饮。沐浴在温暖的阳光下，将心事风干，将眼眸明媚。以风的洒脱笑看过往，以莲的恬淡随遇而安。以感恩的情怀滋养岁序悠长，以憧憬的欢愉坚守梦想与希望。在春花秋落间，期许岁月静好、心有远方；在日月星辰间，感念风物长情、世相万千。走过流年的山高水长，愿尝尽尘世烟火的我们仍能用一颗无尘的心，守望生命如初的美丽。

且以出尘的姿态，感悟入世的真谛，对自己好点，对身边的人也好一点。倘若你太久没有好好疼爱过自己，那么请现在放下手中的事情，换上一件自己喜欢的衣服，照照镜子，给自己化一个淡雅清新的妆，让自己露出灿烂的微笑；倘若你没那么喜欢一个人，就请不要轻易去接近，扰乱原本平静的步调，徒惹一场伤怀于记忆的陌上。没有人会喜欢孤独，只是比起忽冷忽热，孤独更容易让人感到踏实。

迁就你的人，不是没有脾气，而是舍不得你；让着你的人，不是因为笨，而是在乎你。一味地崇拜别人，倒不如停下来高傲地欣赏自己。年轻不是甘于落后于人的理由，而是奋斗的资本。一粒花种，只有付出汗水，才能浇灌出世间最美的花朵。

心情是自己给的，无论是要微笑还是愁容，都是自己说了算。想要生活更多明媚，首先要学会做自己心情的主人，而非心情的奴隶。生活可以漂泊，可以孤独，但灵魂必须有所皈依，目标必须坚定不移。如果你决定要旅行，那就别怕风雨兼程。

那些真正比你强的人，是没有闲工夫搭理你的，所以不必在意别人的冷嘲热讽。而那些有时间对你评头论足甚至嫉妒诋毁的人，更是证明他本不及你，才会看你刺眼。你只需还以微笑，示以淡然，便是最优雅的姿态。

凡事按照自己的意志去做，不要听那些闲言碎语，就一定会成功。人生的意义不在结果，而在于其过程。无论它是一段黄金还是一段沙石，都有其存在与经历的意义。人这一生真正的价值并不在人生的舞台上，而在我们扮演的角色中。

相信滴水穿石，不是因为水的力量，而是重复的力量。纵然是一个人的烟火，也要缭绕成一朵祥云，不蹉跎，不虚度，喜怒不形于色，悲欢不露于行。以努力的姿态，精彩生命中的每一天。

愿你历经山河　觉得人间值得

　　走过岁月的藩篱，收获生命之精彩，细数那些途经的风风雨雨，夹杂着酸甜苦辣、起落浮沉，日子便在这百味陈和中愈见丰盈与厚重。每天忙忙碌碌，周而复始，不求富贵荣华，只愿安稳妥帖，便可走过细水长流，山高路远。

　　曾经年少轻狂，志在远方，本以为只要心之所向，便可一切如愿以偿。到后来才发现，最真实的生活，它就在眼前。梦想是一个人不断奋进的动力，也是一个人对待生命最庄严的态度。而一个人的健康，才是一切意义的前提；有烟火气息的生活，更是追逐梦想的基石。然而梦想在高峰，生活履平地，无论你想攀登哪一座山峰，都必须先脚踏实地地走过每一天的路程，过好最朴实的生活。

　　人生就是一个不断筛选的过程，一边拥有、一边失去，一边舍弃、一边获得。随着年龄的增长，内心的想法会不断成熟，那些不切实际的幻想也会逐渐蜕变沉地。

　　人活一生，最该明确的是自己想要的是什么。无论是低谷时的落寞，还是巅峰时的得意，皆是生活的序曲。日子还在继续，行程还不曾结束，人生充满变数，定力往往影响人生的走向。所谓定力，实为定心，心静了，生活自然也就安稳了，人生自然也就安定了。

生活其实就是在重复，有些人无论重复多少次，都体会不到其中的意义；而有些人，便可以在重复中收获很多、学到很多。每个人对待生活的心态不一样，所以对生活的感悟也不一样。没有谁的人生可以超凡脱俗，每个人都有着背后的艰辛，只不过有的人选择了微笑示人，有的人则抱怨苦恼。

生是起点，死是归宿。说到底生命对于每个人来讲，起始相同，不同的只是由始到终走过的路程、经历的人事。

不要把生活的不易看成是一种刁难，无论悲欢离合，还是起落浮沉，都是人生的风景，它是对一个人成熟的雕刻，只有经历过后才明白。成熟就是学会减少幻想，却一直保留希望、善待眼下，仍憧憬未来。相信美好的未来会到来，是因为我们用心于每一个完美的今天。

该梦时要梦，该醒时要醒。梦是渴望的延伸，是不断前进的动力之源。渴望是活着的最好理由，是所有积极的正能量所在。而那些延伸到梦里的渴望，便是我们最真最深的向往。

那些途经生命中的人来来往往、聚散分离，皆是命中注定。该历的劫，躲不过；该遇的人，逃不掉。能忘就忘，该放就放。能留下的自然不走，能走远的不必挽留。多年以后当你回首再看，你会发现曾经所有的经历，不过是对生命的丰富。纵然有些许不尽人意，也当真不必太过执着，不必计较，不必耿耿于怀。

生命有时，岁月无期，一路走来无论遇到了什么、承受了什么，都是精彩的写意。到最后一切繁华终将是一场归于尘土的沉寂。唯愿历经山河，觉得人间值得，便可不枉此生、不负生命。

愿你心有阳光，品行善良

　　人生总是在不断地行走，多少人不期而遇，途径你生命的渡口。相见一场欢欣，转身又是一程。这一路上有花开的馨香，有草木的深情，有阳光沐浴，有雨露恩泽。坎坎坷坷，生命时有阴雨时有晴，却只有心里有阳光的人，才能感受到现实的阳光；形形色色，唯有给别人生命苔来阳光的人，自己才会享受阳光。

　　心有阳光，品行善良。一个内心阳光的人，必是一个温暖的人；一个心有阳光的人，必然有着宽广的胸怀，就像炙热的阳光，博爱而明朗。

　　心有阳光，品行善良。犹如照射在冬日的阳光，使贫病交迫的人感到人间的温暖；宛若一泓出现在沙漠里的泉水，使濒临绝境的人重新看到生活的希望；更似一首飘荡在夜空的歌谣，使孤苦无依的人获得心灵的慰藉。

　　心有阳光，品行善良。有容人的雅量，有助人的热肠，不欺凌弱者，不谄媚强势，不踩低爬高，不搬弄是非，更不会不择手段、害人害己。

　　总有人比你优秀，也有人拥有更多。善良的人，虽然仰望羡慕，但心中纯净，就算不及，也傲娇努力。君子坦荡荡，小人长戚戚。心理阴暗的人，无论怎样粉饰雕琢，终究也欺不过天长日久。

真正的善良不是人前演戏的虚伪，而是发自内心的慈悲。善于体谅别人的艰难，总是心疼不忍别人的苦楚。当善良成为生活里的一种习惯的时候，快乐就如涓涓细流，时时在眼眸里流溢，愉悦自己也快乐别人。

常言道，相由心生。一个心存善良的人，必然有着良好的精神长相。善良是人生最美的德行，更是一个人延续生命的力量。你做过的事、说过的话，动人之处都会存在心里，点点滴滴积累起来，潜移默化演变成你的气质，呈现在你的举手投足间。慢慢地令你周身透出可亲、动人和美丽的光芒，充满迷人的魅力。

善良的本质就是让我们更多地感受到明媚与温暖。能够真心为别人的成功感到高兴而非嫉妒，能够设身处地体会他人困苦而非暗喜。以一颗善良的心对待生活，生活必以阳光之暖回敬于身。美好的心灵是一方广袤的天空，它包容着世间的一切；阳光的心态是一片宁静的湖水，总是以最优雅的姿态辉映出一个缤纷的世界。

塑造阳光的内心，拥抱美好的生活。一个人快乐的秘诀便是抓住那正向的时刻，使它更加丰盈正气；转化负向的时刻，使它得到清洗净化。做一个心有一片海的人，不伤人害己、不自欺欺人，于淡泊中平和、于坦荡中自在。

阳光是一种状态，善良是一种选择。生活不易，请继续努力，在未来的路上，愿你步伐坚定且内心温柔。生活就像一幅风景，一半是炎热，一半是寒冬，想维持心底的平衡，便请选择欣赏的角度，无论冷暖都会温馨，无论成败皆有从容。

时光温柔，善待所有曾经

　　轻倚岁月的门扉，静看时光流转，春去夏来，转眼又一秋。总是对秋天更多青睐，或许是因为有落叶的静美，又或许是因为他有淡淡忧伤的味道。总觉得秋更意味深长，更温柔内敛，更诗情画意，更多往事回味。

　　许是年龄增长的缘故，最近越发地怀旧了。没事儿的时候，总会想起曾经的一些人、一些事。翻出一些老照片，一张一张地看，一幕一幕地想。从手机里找出一些很久不联系的电话号码，不论是同窗好友，还是一起奋战拼搏过的同事朋友，都想要发一条问候的短信，但又害怕自己这唐突的问候，是对对方的一种打扰。很多时候，你是一种情怀，但别人却未必如你一般，还存有昔日那份旧情。

　　不知是人情凉薄，抵不过岁月悠然，还是岁月无情，稀释了生命中的过往，总有些人悄无声息地消失在你的生命，也总有些事随风烟散尽。就像有时候你会选择删除一些好友一样，不知道什么时候你也会成为别人选择删除的那一个。没有为什么，就是淡了、远了、散了，不重要了。

想来，红尘梦短，那些蹒跚在记忆里回望的自己，还有那目光远方渐行渐去的人们，终是没有多少机会可以重来，爱情也好，友情也罢，不过一时之缘，不过一世之分……

初来秋意撩人心弦，思绪碎碎万千，在这同一片星空下，有多少细语被清风呢喃，又有多少记忆被遗失在流年光影之中。谁在怀念谁，谁又在忘却谁？若说所有的故事都是梦的邂逅，有多少人愿意醒来，又有多少人渴望沉醉，你来我往，相见遗忘……

其实你所拥有的今天，都会成为怀念的明天，就像故事一样，每一个都是绝版，你想重复，却又无迹可寻。

过往是一场不期的雨季，有人漫步、有人奔跑，时而从容、时而匆忙。雨中的我们总是千奇百怪，或喜或忧、有哭有笑，无数的表情定格在那一瞬，不要怀疑，这就是曾经，忆起，仿佛总离不开潮湿的味道。一天天、一年年，这无味的时间磨淡了流水的光阴，你以为忘却的曾经却总在不经意间突然的深刻，就像那刻在骨子里的骄傲，可以内敛，但不会消失。我带着故事而来，带着故事离开，没有留下任何痕迹，你若安好，自当晴天。

人活着总是需要一些感动，甚至需要一点冲动，不然又怎么知道自己活着。眼泪也好，笑容也罢，心里想着的、未曾实现的、已经错过的，很多很多，都是沉淀在流年深处的匆匆那年。这一生总是要经历很多才算活过，有追求，才有方向，人生何处不迷茫，人生何处无晴天……

烟火划过流年，犹如一场梦的蹒跚，总是忘了时间。匆忙间，在岁月的信笺之上留下一袭烟雨的往事，有你，有我，有故事；有喜，有悲，有遗憾。

我们这一生注定有很多偶遇，偶遇一件事，偶遇某个人，让我们的生活多了许多曲折。不管怎样，总有那么几件事，让你念念不忘，总有那么一个人，让你陡生叹惜。错过的就当是路过吧，没有交集的美，仅是心空的幻影，遗忘是彼此最好的怀念。一路走来偶遇的星光，让我们有遗憾，亦有温暖。

很多时候，我总喜欢默默地关注着我在意的人，不需要时刻联系来证明自己的存在，也许很多人不理解，但这并不重要，倘若故事不在了，那么不打扰将是我最后的体贴。唯愿深情如故，眷恋成一朵娇艳的花儿，更愿时光温柔，善待所有曾经。

人生泥泞要走　心中有坎儿要过

浅秋的阳光，温暖中夹杂着一丝丝凉意，我独自徘徊在林荫小路上，听着一首歌的单曲循环。

突然想起有一首歌，叫作《有没有一首歌让你想起我》。有时候觉得过去听过的每一首歌都是一条牵引线，它会不自觉地带你回到过去，重温当时的情景、当时的心情、当时的感受。

有些歌曲会让你想起儿时的时光，有些歌会让你记起曾经的欢乐，有些歌会让你沉浸在某种伤痛中，又有些歌会让你深深地想起某个人、某件事。

岁月是一部留声机，你看它每天悄无声息地从指尖划过，一路向前、沉默不语。实则它早已在你不经意间，为你镌刻下每一程的记忆。待你闲来无事时，供你深味回顾，伴你缱绻相思。

若是快乐，倒也罢，可谁的人生不是喜忧参半、悲欢交杂。只是若勾起心中伤痛，你是否还能将那首揭开过往伤痕的歌曲重头听到尾，是否还有勇气让自己听了一遍又一遍？

我是一个对自己特别心狠的人。能勾起快乐回忆的歌曲，也会偶尔听得一两次，但那些能让自己心痛难当的歌曲，我却是要听上无数遍。

这世上能困住自己的，从来都不是别人，而是自己。

生命于我，行至今日，经历最难以承受的痛苦，就是从小抚养我长大的爷爷奶奶在不到一年的时间中，相继离开了我。不要说我总是念念不忘、老生常谈，那是因为这件事情本身于我，就是一生都不可能抹去的伤痕。

那些日子，我在灵前经常播放的那首佛乐，就成了时空的标签。此后岁月，我曾在某街道突闻那首音乐入耳，便瞬间泪流满面、腿软如泥。当初的那情、那景，无比强烈深刻地出现在我脑海，让我不能自已。回家后我把那首歌下载在手机里，多少个独处的日子里，我坐在阳光斑驳的窗前，凝望着窗外，循环播放了一遍又一遍。从起初一听则痛、一痛即哭，到后来默默落泪，再到现在能够平静自若，我已将自己虐过了千百遍。直到清明节前，我将压抑多日的情绪，付诸一顿豪饮，纵情让自己痛快地醉上一回，恣意了心中苦楚，汇流成河，打那以后，我坚强了。至少我可以做到正常地回想，正常地提及，正常地继续自己的生活。

有时候想想，人这一辈子，谁不经历这样的悲痛，又有谁能不走上这共同的归宿。是为人，结局皆同，不同的只是生命的过程而已。

也许今日亲人的离去，成为你生命中的坎儿，而不知哪一天，你也会离去，又成了别人生命中的念。而这，不过是终结。生命的漫漫长路，又要走过多少泥泞，迈过多少沟坎。

人生泥泞要走，心中有坎儿要过。有时候，最难的时候或许也就是最接近跨越的时候。扛过了困苦的制高点，就是最接近柳暗花明的地方；忍过了最痛的狂潮，终会换得平静自若。时间是最好的良药，强大的推移下，多少过不去都终将能过去。

或许别人可以替你开车，但却不能替你走路；可以替你做事，却未必能替你感受。那些奔跑在路途中的人，切莫因为飘来的乌云，就说天空没有太阳。无论遇到怎样的困境、苦难，都不要急于放弃，不要急于给自己下那悲观的定论。岁月依然如斯，只需忍一忍，扛下来，相信转机就在不远处。

　　回眸间，我将音乐继续循环。却看，一袭秋色随风潜，半盏闲茶已无色……

在变老的路上，变得更加温暖向阳

流水的光阴推着我们一路向前，时而奔跑、时而漫步，留不住的是岁月，留得住的却是沉淀于心的那份厚重与沉稳。做有用的事，说勇敢的话，想美好的事，睡安稳的觉，把时间用在进步上，而不是抱怨上。

一路上我们风尘仆仆，从未有过一刻的停歇，越过高山、跨过流水，我们终究是要远行，直到跟稚嫩的自己告别。也许路途有点艰辛、有点孤独，但唯有熬过了风霜，才能换得成长。

日复一日、年复一年，春光不必趁早，冬霜不会迟到，相聚别离都是刚刚好。也许未来遥远得没有形状，而我们最好能单纯得没有烦恼。多心的人注定活得辛苦，因为太容易被别人的情绪所左右。总是胡思乱想，结果是困在一团乱麻般的思绪中动弹不得。有时候与其多心，不如少根筋。

人活得累，一是太认真，二是太想要。然而凡是你想控制的，其实最终都控制了你。什么都想要，可能什么都做不好。人生恰如一杯清茶，舍得才知其清甜，放下才闻其香郁。

耳不闻人之非，目不视人之短，口不言人之过，让我们在逐渐变老的路上，也变得更加温暖向阳、慈悲宽容。人最大的修养是知人不评人，看穿不揭穿。不懂别人就少说话，议论最掉价。即便看透了世事，也不妨装一份糊涂。不较真才是最大的随和。

　　一只骆驼，辛辛苦苦穿过了沙漠，一只苍蝇趴在骆驼背上，一点力气也不花，也过来了。苍蝇讥笑说："骆驼，谢谢你辛苦把我驮过来。"骆驼看了一眼苍蝇说："你在我身上的时候，我根本就不知道，你走了也没必要跟我打招呼。你本就没有什么重量，别把自己看太重。"生活中的很多的时候，就仿佛是那只趴在骆驼背上的苍蝇，你若太计较，无事也生非；你若不在意，便也云淡风轻。

　　世上没有一件工作不辛苦，没有一处人事不复杂。即使你再排斥现在的不愉快，光阴也不会过得快点。越努力才越幸运，越宽容才越快乐。

　　人生有各种各样的活法，有人辞官归故里，有人星夜拼搏。有的人一辈子逆来顺受，也有的人一生放浪不羁，还有的人自甘平庸，但也有人孜孜以求。无须评判什么样的人生才是成功的人生。其实任何一种活法都是人的自由选择，只要从心出发，活得适意而满足，求仁得仁，是谓幸福。

　　天真的人不代表没有见过世界的黑暗，恰恰因为见到过，才知道天真的好。老子曾说："夫唯不争，故天下莫能与之争。"只要有一种看透一切的格局，就能做到豁达大度。凡事皆能让自己不强求不刻意、顺其自然，才能在慌乱的时候镇定自若，忧愁的时候从容自如，艰难的时候顽强拼搏。即便是胜利之时也能沉稳谦和，如此方能经得起人生的大风大浪、大起大落。

　　人生仿佛是一趟单程车，有去无回。但时间却是礼尚往来，带走了些许，也馈赠了些许。时间是生命最好的沉淀，岁月结茧、往事如风，落泥淖终是静雅，历世事到底出尘。几经流年辗转，岁月沧桑，到最后终是眼中有天地，心中无是非，心宽犹似海，温暖如朝阳。

余生，和自己喜欢的人在一起

这世间有一种距离，是无论你怎么努力都无法企及的，那便是心与心的距离。不是一路人，永远别往一块走。即使勉强走在一起，也终会发现三观不合、脾性不合、行事作风不合等种种不融洽。

不要妄想去改变一个人，到最后身心俱疲的只能是自己。生命太短，一分钟都不能留给那些让你不快的人或事。余生要和自己喜欢的人在一起。不一定非是爱情，友情也一样，也需要和喜欢的人才能产生共鸣。

人与人之间能够相互吸引的，无非就是两种。要么互补，要么相似。自己喜欢的人必然也是喜欢自己的人，余生很贵也很短，我们没必要再为不喜欢自己的人多做任何卑微的纠缠。友情不必，爱情更不必。

喜欢是一种欣赏，是一种认同；喜欢是一种心情，是一种接纳。因为喜欢，所以就算偶有不同意见，也不会让你觉得懊恼。因为喜欢，就连一个人不可避免的缺点你都会觉得那是他独有的特点。也正是因为喜欢，你的容忍度就会在不知不觉中变得更为宽广、更多接受。

和喜欢的人在一起，更多随心所欲，更多真实自我。成年人的世界，除了忙碌，就是孤独。认识的人越来越多，能说知心话的却是越来越少。

唯有和自己喜欢的人，因着那份默契和信任，才会袒露心声，卸下防备。

和喜欢的人在一起，不计较，不攀比，不嫉妒，不虚伪。即便是再不好的心情，也能相见甚欢、谈笑风生。在没心没肺的嬉笑中释放压力，在毫不掩饰的真诚中彼此鼓励。那些生活的无奈与不易，你说了，我懂；你不说，我也懂。

这一切都是喜欢的产物，无须刻意，就是那么自然而然、性情使然。

喜欢那些能让我笑起来的人，即使是我不想笑的时候。喜欢那些有心灵默契的人，不用过多的言语就能懂得内心的想法。喜欢自己喜欢也喜欢自己的人，相处起来浑然天成、毫不费力。

喜欢是一种浅爱，会让你相处不累、沟通不堵。无须费尽心思，也不必疲于心计。就像透过窗棂的那一抹阳光，不浓不燥，却总是暖暖的，很贴心。

喜欢一个人不需要理由。喜欢一个人也不一定非要拥有。繁华世界里美好的东西太多。万物我可用，并非我所属。只要心与心的距离是近的就已足够。

越是好的感情，越是需要不远不近、浓淡相宜。给对方以空间，也是给自己一份空间。喜欢也是要建立在彼此尊重的基础上。只不过因为喜欢，会有更多心甘情愿的包容与理解。人与人之间唯有理解和包容，方能让感情持久不变。

人这一生始终都行走在时间的洪流里，裹挟在人群中，摩肩接踵、步履匆匆。时有孤独，时有无助，奈何却总是缺少一个懂得的人一起分享这一路走来的诸多感悟。

人生已然不易，不要再为任何不值得的人事多费心神。余生要和喜欢的人在一起，共心灵驿站，同山长水阔。心若相知，无言也默契。和相处不累的人在一起，才能有更好的心力，走更远的路，抵达更美好的未来。

适合自己的，才是最好的

　　人，总是不免要面对很多选择。选择什么并不重要，重要的是你的选择是否适合自己。自己的命运从来都是掌握在自己的手中，做自己喜欢做的事，不论高低贵贱，选择适合自己的拥有，不嫉妒，不羡慕，才是人生该有的态度。

　　羡慕别人的人，若仅停留在羡慕上，就永远只有羡慕别人的份儿。每个人都是不一样的个体，与其羡慕别人，不如雕琢自己，而后努力坚持，最终赢取成功。

　　因为与众不同，所以与众不同，做不一样的自己，成为被别人羡慕的对象，也活成自己羡慕的模样。

　　世界上慕人者众，羡己者寡。学会将琐碎的日子过出属于自己的新意，以美好的心，欣赏周遭的事物；以真诚的心，对待每一个人；以负责的心，做好分内的事；以谦虚的心，检讨自己的不足；以不变的心，坚持正确的理念；以宽阔的心，包容冒犯的人；以感恩的心，感谢生活所予；以平常的心，接受成败悲欢。

　　其实每个人都有每个人的特点，做自己就好，你未必适合别人那样的状态，别人也未必适合你所有的拥有。别人说什么无关紧要，只要自己觉得心满意足就够。

这世上，本无绝对。好与不好，没有标准，唯一的标准就是适合自己。选择适合自己的衣服，适合自己的食物，适合自己的人。不必为了别人的眼光去牵强，而要为了自己的舒适去做主。

你不是我，又怎知我的喜好；你不懂我，又怎解我的追求。你有你的档次，我有我的水准；各持各的信念，各走各的道路。心有所想，行有所向，必然拥有所求，劳有所果。

每个人都有自己的个性，不同的成长轨迹会产生不同的发展理想，唯有选择自己认为合适的，才是自己愿意去付出努力和坚持的，只有自己觉得是最好的，才会有好的心情和对美的追求。现实中每个人生活的环境不同、素质不同，每个人的人生便也是不可相互模仿和复制的。

人生之中最好的不一定是最合适的，最合适的才是最好的；生命之中最美丽的不一定适合我们，适合我们的一定是最美丽的。

我之蜜饯，你之砒霜，适合你的，不一定也一样适合我。凡事所求，合我心意正好，正好才是最好。唯有适合自己的，才会给自己带来快乐和幸福，不适合自己而强求的，只能给自己带来痛苦和失败。

华兹华斯曾说过："适合自己的生活才是美好而诗意的。"同样只有适合自己的路才是充满阳光与风景的。当然这条路也许会有崎岖坎坷，也许不免跋山涉水，但只要是一条适合自己的路，就值得我们勇敢地走下去。不攀不比，且看自己，坚定不移，无人能及。

鹰击长空，鱼翔浅底，虎啸深山，驼走大漠，大自然界生物有千万种，因为选择了适合自己的生存方式，才造就了生命的极致。小桥流水，蝉吟虫唱，因为选择了适合自己的位置，才最大限度地实现了自我的价值。同样我们每个人都是独一无二的，适合别人的东西未必适合自己。只有找到适合自己的，才能让我们的人生绽放光芒，无可替代。穷也好，富也好，只要开心就好。无所谓高低，不在意贵贱，适合自己最好。

时光走无言　岁月去无声

轻捻季节的温婉，看时光走无言，花开又一季。那些重复的光阴，层层叠叠，静默成生命的绿洲。总觉得只要心态足够年轻，生命就可以永葆一片绿意盎然，蓬勃不衰。

说来人生也就短短那么几十年，懵懵懂懂间，已是走过一半；似懂非懂间，又走过了一半；直到最后彻底明白了，也基本临近暮年了。在有生之年，该爱的爱，该聚的聚，学会不较真儿，不为难自己，人生不能虚度，自己要对得起自己。

生活需要一份面朝大海的开阔，一抹淡然一笑的洒脱。年华无恙，岁月无伤，用一份从容的姿态给生活营造一份安暖，不计较岁月的凉薄，不在意人生的得失。岁月总是在无声地流淌，漫过四季如歌，敞开心门，收纳阳光的暖意。掠去浮尘，让心如水一样透明；放飞自己，让心像云朵一般轻盈。

心若不悲，人就不寒；心若不离，爱就不远；心若不恨，世间有暖；心若无澜，碧海晴天。眼，不见为净；心，不冷为美。把该放下的放下，该忘记的忘记，该看轻的看轻，该释然的释然。心若轻松，生活也就多了几分轻盈愉悦。心中有爱，四季都有繁华盛开，入眼即芳菲，触手即温润。

同渡岁月这条河，有些风景再美丽，不属于自己的不必太在意；有些剧情再动人，不是主角不必太入戏。缘分的失去是别离，也是选择的再继续；感情的失去是放弃，也是放下的一种智慧。相信有缘的相距千里来相会，无缘的相逢对面不相识。

风雨之后，无所谓拥有，也无所谓失去。要知道人生的每一个故事，都是绘制生命浓墨重彩的一笔，你且淡然处之，四季风景依旧。守一方云水禅心的清凉，浅读风的潇洒，深念雨的忧伤。将一抹风烟俱净的纯然，装点成内心独守的一方晴空。将时光清浅，缱绻于指间，晕染成一朵安静的芬芳，开在心上，静静地绽放成幸福的模样。把一窗苍翠细细临摹、慢慢勾勒，定格成此生永不褪色的画卷。旧温一壶清茶，伴岁月静好，慢品细酌，感受光阴在一缕茶香间飘荡成安暖清淡的模样。

着一身暖阳，漫步在路上，看斑驳的光洒落肩头，与花草相偎，你会觉得原来生命竟是那般温柔与动人。没有什么值得我们去伤怀阴霾，时光匆忙间能带走的，绝不仅仅只有美好的过往，还有那些无须抱残守缺的故事。那些散落在记忆深处的碎片，就让它风化成烟吧。

季节的转换、流年的飞逝，那些人生路上的得与失、聚与散、悲与喜，都是岁月留下的痕迹，再美的风景总是会走过，淡如云烟，消散在岁月里。总有些遇见，注定要牵念；总有些人，注定只能成为故人。时光走无言，岁月去无声。

让心淡定成一泓碧水，淡淡思绪，随溪水而流。不以物喜，不以己悲，心境平和，处事泰然。让心恬淡成一朵淡雅的菊，保持生命的从容和安然，宠辱不惊、心素如简。

静倚轩窗，听风声缱绻；默守流年，看云聚云散。红尘安暖落于笔端，一字一句皆是对时光的感悟对岁月的缱绻。如霎时花开，一花盛开一世界，一叶绽放一追寻，绚丽也好，荼蘼也罢，时间归于寂静，生命归于平淡。轻倚流年，独享淡泊宁静的时光，淡到极致，如手中一朵素雅的花，素到心底，又如眼前一泊湖水，清亮、透彻，如此便好。

岁月不老　我们不散

　　走过岁月，蒹葭苍苍；走过生活，雪染白霜。常常心里会有许多感慨，不乏些许感悟。生活犹如万花筒，喜怒哀乐、酸甜苦辣，相依相随。也许生活真的不如意，但不必太在意。也许每一天真的不容易，但也请坚定不移。人生本如梦，岁月不会迁就任何人，试着一再告诉自己要学会看淡一切。

　　悠悠岁月里，不知道有多少感触在脑海里悄悄地萌生，又忽而从指缝间溜走。每个人在岁月里奔波，历练着人间烟火，其实也是一种成长。面对这眼前的风景、春秋的荣枯、冬夏的轮回，每个人都在思考着自己想要的生活。走在这世间的必经之路上，只想找到自己在这个世间存在的角落，不为如何存活，只想安静地活着、简单地活着、纯粹地活着。不想太多纷扰，更不想太多打扰。把那些生活仅有的味道用来锻炼自己的心地与宽度，如此足矣。

　　有些情，于岁月中，慢慢消融，不再刻骨铭心；有些人，于相交中，慢慢远离，好像无影无踪；有些事，于时光中，慢慢淡定，从此不再动心。有些人注定是漫长岁月里的惊鸿一瞥，不用难过，亦无须伤悲，就像静静地欣赏一颗从天而降的流星，从繁华走向陨落，至少也曾拥有一段别有的美丽供余生回味。

人海茫茫的岁月、悲欢离合的重叠，人生总要多一些平和、旷达。漫漫长路，学会在尘世里保持一颗素心，活得轻松些，便会少好多的烦恼。人生的风景万千，而我们总是在匆匆而行。河水清浅、岁月安然，我站在时光的河畔，看绿柳依依，听青燕呢喃，看远山含黛，听近水无言，看千帆竞发，相信凡今生看到的、听到的、遇到的，也许皆是缘分。

悠悠岁月、时光荏苒，无论是有缘的遇见，还是无缘的分别，只要心怀一缕阳光、擎起一朵幽兰，莫伤莫悲、莫忧莫怨，日子便可不冷亦不寒。且让心中存有一份安暖的期盼，心中有盼，便是那天边的星星，点缀在孤寂的夜晚；心中有愿，便是那淡雅的菊花，绽放在肃杀的秋天。纵使不曾实现，却也温婉了岁月，芬芳了流年。

其实光阴待我从来不薄凉，岁月于我也从来不复杂，山一程、水一程，兜兜转转、丢丢捡捡，初心无染、性情未变，依然在苍绿流年中找寻一份至纯至美的安暖，依旧在纷扰尘世中坚守那份至真至诚的本色。流年无恙、岁月安然，这一生我只想不负韶华，不负时光，不负爱，更不负每一次美好的遇见。

走过岁月、穿越时空，让往事在笔下生香，让相遇的美好溢满笔触、挥毫抒怀。循着你气息，墨染水色年华。低眉，为你吟咏阑珊情韵；含情，为你唱一曲倾城之恋。在那繁花盛开的地方，为你挥袖尽舞繁华，倾心堆砌真爱。凝眸间，挥洒真情；轻语处，虔诚祈愿。唯愿笑守文字，痴守缘识，盛绽在君心。

愿时光渲染的青葱岁月带不走独绽芳华的自己，愿往事尘埃触碰的指尖抹不掉心底狂野的思念。淡然地遇见一个人，犹如遇见这个美丽的季节，然后轻轻道一声，原来你也在这里。

　　烟火的尘世、温情的光阴，只愿我们可以合拢十指，婷立于岁月的枝头，聆听风在远方低低的呼唤，抵达深情渡你我的彼岸。愿与你许一段深爱的时光，微笑生华，宁和知意。岁月不老，我们不散。

愿时光许你　岁月无忧

人活着，每个人都有自己的不易和艰难，只不过你不说、我不说，大家看上去仿佛一切安然。唯有在静夜无眠的时候辗转反侧，便是细数着当下面临的大小琐事。生活就像是一面镜子，照得出自己的欢乐，也看得见自己的愁苦。就算你在人前佯装了足够完美的快乐，也依旧无法抹去那些烦恼的存在。

人人都渴望幸福围绕、长乐未央，但其实生活就像那窗外的天气，有晴有雨、有风有云，这样才够有味道。倘若一味的艳阳高照，又怎能感受细雨的温润缠绵；倘若只有风和日丽，又怎观云卷云舒的悠然。倘若生活单纯一味、毫无波澜，生命又何来意义与充实。

人总要学会看得开，放得下。说起来可能容易一些，其实做起来也没有那么难。很多事情搁在心里，你不去释然，它也未必会有所改变。你若纠结成一个打不开的死结，它也依旧不改已有的模样，那到头来岂不是白白弄坏了自己的心情。很多时候，过不去的不是事情本身，而是我们自己。

心情是一个人状态的风向标。心若明朗，整个人看起来都会积极向上；心若阴郁，那么生命都显得黯淡无光。你若积极，高山亦是跨若山丘；你若消沉，沙丘也是越不过的峭壁。

从根本上看问题，不钻牛角尖；从现实角度出发，除了生死，哪一样不是小事。谁的人生不起伏，谁的经历无波澜，有时候想想，我们也只是万千平凡众生中的一粒尘埃，经历着该有的经历，享受着该有的享受。不是只有自己会悲伤，大家都会；也不是只有自己多坎坷，大家都有。

于万千人海中遇见了你，遇见了我，大家依旧会相视一笑，岁序静好。其实好的不是人生路的行云流水、风平浪静，而是面对生活的心态与从容。

生命如旅，匆匆前行。有多少路途，就有多少尘埃；有多少聚散，就有多少悲欢。不过是寻常，何须伤情，何必多情？每一程的开始，都是一场美丽的邂逅；每一次的分别，都会是又一次缘分的相遇。你只管前行，不必忧伤，你微笑待世界，世界便会微笑着拥抱你。

最是时光，胸怀大度，从容静雅。众生芸芸皆在时光中演绎着各自的故事，却唯有时光恒静无言、清新淡雅。不为你的深情而停留，也不为我的追逐而快速，只那一个姿态就足以接纳世相万千，不变应万变，却又百变不离其宗。

都说人生是一场修行，我却觉得时光才是一种禅定。于时光并走，伴时光从容，品时光沉静，随时光优雅。走自己的路，做最好的自己，要活出精彩，活成自己想要的状态。这些是别人帮不了的，唯有靠自己。不忧虑潦倒的现在，不畏惧未知的未来，坦然前行、努力奋斗，且去迎接那一场春暖花开的盛宴。待那时，即使青春不再、容颜已逝，站在人生的顶峰，你依然美丽。

心中有海，便能容纳百川；心中有梦，便能展翅飞翔。但愿青春不老、壮志不衰，时光许你岁月无忧。

愿你洗尽铅华　内心依然繁盛

都说生活就像一面镜子，你对他笑，他也对你笑，你对他哭，他也对你哭。每个人都希望能笑对每一天，奈何生活总是难免诸多不如意。于是我们面对生活的姿态就变成了多种多样。

生活仿佛是一个魔术师，无论你是多么的不染纤尘、多么的纯澈如水，途径生活这条路，奔波的久了也就会变得多了几分烟火的味道。仿佛唯有烟火世味，才是生活的通行证；唯有人情练达，才能走得过生活的夏走冬藏。

越过岁月的藩篱，没有什么可以逃得过风雨的洗礼。生命是盛开的花朵，它绽放得美丽、舒展、绚丽多姿；生命是精美的小诗，清新流畅、意蕴悠长；生命还是优美的乐曲，音律和谐、婉转悠扬；生命更是流淌的江河，奔流不息、滚滚向前。

人生的道路漫长而多彩，就像在浩瀚无际的大海上航行，有时会风平浪静、一帆风顺，有时却会是惊涛骇浪、迎风破浪。但只要我们心中的灯塔不熄灭，就能沿着自己的航线继续航行。经历是生命的高度，亦是生命的长度。相信生命中有过的任何经历都是一种积累，积累得越多，人就会变得越加成熟。

成熟是一种明亮而不刺眼的光辉，一种激情而不焦躁的态度，一种不需要对别人察言观色的从容，一种荣辱不惊的大气，一种随意随缘的豁达，一种洗刷了偏激的淡漠，一种无须声张的厚实，一种并不陡峭的高度。

不要在遇到坎坷与波折的时候，就总是习惯性地否认了生活，内心便生出无限凄苦。人总要学会在大雨中奔跑，在阴云中微笑，在狂风中抓紧希望，在暴雨中紧握理想。生活就是那面镜子，你觉得自己卑微，你就会真的卑微，你觉得自己强大，你就会真的强大。

将手中琐碎的光阴，不论阴晴，尽数收藏，随一米阳光，编织成心间的一抹明媚，只要心中有晴空，人生就不再有阴霾。

悲伤的恋歌，不仅仅是眼泪滑过面庞，更重要的是在心头的痕迹被无限放大，荒凉了曾经期许的所有希望与激情。其实千帆过尽才是生命的繁华，百味皆尝才是岁月的丰盈。相信大雨后的彩虹更美丽，黎明到来前的光亮最耀眼。虽然拥有过的东西会失去，得到过的友谊会离开，想追求的感情还是那么遥远，但是我们依然要保持内心充满阳光雨露，一片欣然繁盛。

有阳光的地方，就会有温暖；有花开的地方，就会有无限的馨香与美好。只要心不荒芜，途径何处都是一片繁花似锦。平凡的人生，注定风里来雨里去，伴花开随花落，就这样走过了一程又一程。虽没有落日的瑰丽、流云般的缥缈，却有泥土般的朴素与随和；没有高山的巍峨、湖水的轻柔，却可以有岩石般的坚毅与稳重。

临窗独坐，静心听得风在吹、树在摇，是一种内心的肃静；身处喧嚣，毅然稳坐茹素，面对嘈杂的你争我抢，弱水三千却只取一瓢饮，是一种淡泊的平静；居高临下，俯瞰世事如常，如过眼云烟，是一种泰然的从容；面对挫折，一如既往，坚定不移向目标挺进，是一种坚韧的镇定。

　　唯有丰富的经历，才能有丰满的人生。愿你洗尽铅华，内心依然繁盛。相信只有最美的心情，才能有美好的人生。

第三辑　世相百味

且敬往事一杯酒　故事与你不强留

　　不知是时光冲淡了回忆，还是回忆遗忘了时光。闲暇之时，偶然也会回首那些逝去的岁月，光影交错，似流水斑斓，却已是再也无法挽回的时光。过往的岁月是一座堆砌在尘埃下的城堡，里面住满了生命中的所有遇见与错过。那些曾经的微笑弥漫在回忆里，散不开，也看不清。或许如果生命没有过往，那么曾经不值得回忆，未来也不值得向往。

　　不要太过相信自己的回忆，因为回忆里的人不一定在想念你。城市那么空，回忆那么凶，而我们已然奔波于当下，谁还能在回忆里滞留相拥。

　　心，被一串串的记忆落寞；情，在一段段的回忆中起伏。心事如尘，亦可如花。深知，有些美丽，在心，便是温暖；有些过往，释然，自当从容。流年中，我已习惯于悄然把一些念想揉碎成花瓣，绚烂成温馨。清风过处，淡描晓月，静观云舒。回眸里，半分柔情，半分决然。不去想对与错、是与非，亦是容不得再多愁肠，几多不舍，且让往事随风、让思念沉香。

都说记忆是桥，回忆是牢，走上了桥，便也关进了牢。回忆总是触动柔软的情肠，前一秒还是嘴角微扬，这一秒却湿润了眼眶。

　　人总是被过去折磨，成为回忆里一个孤独的伶人。也许一首老歌亦能抵达回忆的彼岸，让我们悲伤、让我们哭泣。但其实让我们哭泣的并不是那些旋律本身，而是藏在回忆里的那些人。或许在某个夜里，你也会无端地想起那个曾让你对明天有所期待、对今天充满依赖，但却再也没有出现在你明天里的人。

　　每个人心底都有那么一个人，已不是恋人，也成不了朋友。或许是爱人，也可能是亲人，时间过去，已无关乎喜不喜欢，总会很习惯地想起，然后依旧企盼一切都好。人生不是在错误的时间相遇，又在正确的时间分开，就是在懵懂年少时依赖，在成年长大后失去。

　　化雪永远比下雪冷，结束永远比开始疼。与其伤心回忆，不如微笑忘记。有时候回忆是件很累的事情，就像失眠时怎么躺都不对的样子。

　　对于相爱的人，那些不合适的人始终要分开，没必要为一段不合适的感情而努力，每个人都会累，没人能为你承担所有伤悲，人总有一段时间要学会自己长大。

　　人生有很多东西勉强不来，特别是感情，如果双方之间没有默契，会连想要一个拥抱都很艰难，无论你认命也好，不认命也罢。

　　流年似水、人生如梦，不要幻想生活总是那么圆圆满满，也不要幻想一年四季都能享受春天的和煦，每个人的一生都注定要跋涉坎坷，品尝那诸多苦涩与无奈，否则又何以知道那人生的况味。

　　只是走过的路成为背后的风景，不能回头亦不能停留，若此刻停留，便会错过更好的风景。保持一份平和、一份清醒，享受每一刻的感觉，欣赏每一处的风景，人生才能将那些许遗憾变成另一种成全。

　　错过的不再回来，从前的全部忘记。至此，且敬往事一杯酒，故事与你不强留。

承蒙时光不弃，终究是会成长

很多时候，选择了一个人行走，不是因为欲望，也并非诱惑，而是徜徉在茫茫世海，有些路我们必须独自行走。那些来来往往在生命的匆匆过客，或许可以相伴一阵子，但却不能相伴一辈子。

与其将希望寄予旁人来依附，不如努力强大自己的承受能力，做一个人群之中真实自然的人，不张扬，不虚饰，不娇柔，不造作。心有所定，情有所持。

没有风吹雨打，哪会有秋实的成熟；没有刺骨的寒风，哪会有松柏的坚韧。在逆境中，不要一味地怨天尤人，要多考虑怎样克服困难。抱怨非但于事无补，反而是无限量地放大了困难，让人更加消极负重。彼得逊说过："人生中，经常有无数来自外部的打击，但这些打击究竟会对你产生怎样的影响，最终决定权在你自己手中。"

相信自己，没有什么困难是走不出的围城，打败自己的从来不是别人，而是自己一开始就怯懦的内心。生命就是这样一个过程，不断地超越自身局限，不断地挑战自我能力。不要羡慕别人，因为你也是别人羡慕的对象；也不要总觉得别人更多幸运，那是因为你从来没有留意自己幸运的地方。没有谁是绝对不幸的，要知道生活对于我们每个人都存在考验与挑战，只不过各有方式。有些事情，改变不了就要学会接受，在你感觉最难的时候，坚持下去，就会迎来柳暗花明。

承蒙时光不弃，终究是会成长。所谓成长，谁不是一路跌跌撞撞。成长的路充满青春的气息，演奏着夏的音符，透露着秋的喜悦，歌颂着冬的深沉。唯有经过岁月的洗礼，生命才变得更加厚重，人生才更多韵味。

人生只有在知道自己懂得甚少的时候，才说得上有了深知。疑惑随着知识的增长而增长。"万卷古今消永日，一窗昏晓送流年。"让我们用欣然的态度接受沿途的风雨，欣赏一路的美景，让那些经历过的酸甜苦辣，闪耀成智慧的浪花，丰富充实、沉淀凝结。尝试着以一朵花开的姿态，去享受朝气蓬勃的生活，而不是幽怨生活的苦难。

岁月的河流缓缓流过，成长的足迹深深留下，蓦然回首，长大的路上留下一串串或深或浅的脚印，记载着欢乐，记载着忧伤，伴随着我们一路走来。

回首那一路的印记，有痛苦也有欢乐，有充实也有失落，心中不禁掀起一阵辛酸与感动。轻轻地推开记忆之门，惊奇地发现在成长的路上，尽管有那诸多的烦恼与困苦，但却历练了我们的意志，丰富了我们的情感，让我们的信念更坚定，笑容更灿烂。成长就是一次次的蜕皮。蜕皮是痛苦，是流血，有风险、有失败，但也是对未来的憧憬和期待。原来正确地对待成长，也是一种境界。

窗外，秋叶飘零，日子转眼逝去。纵然那曾经稚嫩的脸上，也悄然陡增了几许沧桑，但请如往常一样怀抱梦想，不怕千辛万苦，只管努力前行。不要因为害怕而丢失成长的机会，不要因为胆怯而丢失步入成熟的门槛。在美好生活的遐想与憧憬中，且让我们将余生的每一天都过得成熟厚重而又快乐丰盈。

你所有的好，都将被岁月所铭记

  每个人都希望自己在有生之年，能够多为自己而活。但事实上，生活中的大部分人都是在为别人而活。为父母而活，为子女而活，为家人而活。忙工作，忙学习，忙家务，忙交际，好像都是在为自己苦苦奋斗，但又有哪一样，不是为了父母少操心，不是为了家人过得更好。

  常常我们也会感觉到疲惫，日复一日、周而复始，日子久了，都不知道自己究竟在忙些什么，总有操不完的心，总有做不完的事，总有无止境的目标想要实现。有些事情或许别人可以替你做，但却无法替你感受，缺少了这一段心路历程，即使再成功，精神的田地里也依然是一片荒芜。也有一些事情是谁都无法代替的。很多时候，亲力亲为，只是为了收获一份踏实、一份满足。该你走的路，要自己去走，该面对的岁月，终究要自己去面对。或许是职责所在，又或许是义务要求。

  岁月如流水，多少付出成习惯，多少习惯成自然。生命是自然的赏赐，但幸福的生活则是智慧的赏赐。养活自己只需要勤劳，让自己幸福却需要智慧。幸福是一种感受，处境不同、追求不同，追求的结果不同、

110

心态不同，感受就不同。真正的智慧不仅是让你懂得追求，更是让你明白何时该执着，何时该放手。智者无忧，在于能审时度势，能进能退。更在于能够以一颗平常心，看待生活本质，面对生活琐事。

其实生活无大事，哪一件所谓的大事，不是琐碎堆砌而成，日子就是在这样一砖一瓦的细碎中拼凑而成。感觉累的时候，看一看车水马龙的大街、步履匆忙的行人，人活这一辈子，谁不累，谁容易。

累不是一种无能，而是一种担当。累了，因为懂了；累了，因为担子重了。或许有时候也会想要停滞不前，有时候也想要能够逃避，但内心又有一个声音在告诉自己，日子本该如此，坚持就是胜利，所有的担当都是为了明天比今天更好。选择了追求，就不要哭泣。坚持一下，扛过今天，幸福就会更近一步。

人生是需要等候的，等候一阵风的拂过，等候一朵花的盛开，等候一场云开月明的希望，等候生命爆发的强音。心灵是需要在等候中坚守的，坚守无风的日月，坚守落花的寂寞，坚守情感的空白，坚守生活的平凡。懂得等候与坚守，我们才能从容不迫，最终沐浴清风、笑看花开、情有所属、人生无悔。相信经年所有的付出、所有的好，都会被岁月所铭记、所回报。

只有在努力过后，才知道许多事情坚持坚持也就过来了。尽管置身其中，可能百般艰难，但最终也都是可以过去的。努力不去畏惧明天的考验，不去预想太多的困扰，把活着的每一天，都想成是一种幸运，把幸福当作一种行为，把所有的烦恼都看成无所谓，日子也就在不知不觉中走过来一天又一天。尽量多去想自己有什么，而不要总去想自己没什么，人往人多处活，心往安静处想，要想平复烦恼，就需要一个平和的心态。

时间会冲淡一切，没有过不去的事情，只有过不去的心情。每个人都在人海茫茫中学会思考人生。一辈子不长，要做好三件事：不自欺、不欺人、不被欺。那些得不到的、与之擦肩而过的，必然是本就不属于生命中的。而那些心中偶有的委屈、无助，也不必装作若无其事，哭就大放悲声，宣泄过后反而会更有力量。终究岁月是一场永不停止的行走，它会记下你途径的风景，也会铭记你所有用心的付出。只要你不放弃、不懈怠，相信前头总会有更好的风景等着你。

宁静如花，开出芬芳

　　随着年龄的渐长，便越来越喜欢一个人的清静。哪怕孤独成海，也觉得是一片独有的浩瀚。就算在需要人帮忙的时候，也会尽可能地选择自己扛一扛，只为求得那份不惊不扰的安宁。

　　向来觉得与人相处是一件比较累人的事情，不是缺乏容忍的雅量，而是懒得再花太多的心思去捉摸一个人的喜怒哀乐，不愿再赔笑掩饰，力求那份磨合过后才有的默契与相知。到了这个年龄，更不愿再去讨好谁，与其那么辛苦，还不如自己一个人，日子也就过得闲逸清淡了许多。

　　和相处不累的人在一起，和志趣相投的人在一起，和懂得的人在一起。不必浪费唇舌、不必小心翼翼、不必虚情寒暄，只需宁静相对，就足以暖心。

　　或许真的是年龄改变人吧，总觉得宁静是一朵花，静静地开放，不求人欣赏，亦不在乎被谁忽视，只想静静地做自己。

　　宁静是一湾清泉，缓缓地流过四季，淌出属于自己的路。静，让生命的美丽自然地绽放，看花开花落，听流水潺潺，淡定的心就会浮生出丝丝缕缕的诗意，繁杂的生活就会变得很美好。爱与恨、得与失，都会变得淡漠而遥远。就算偶有凉薄，也不至于让自己灰心丧志。对人无所求，自己也就更多坦荡，不劳劳不起的人，不欠还不起的情。磨炼过后，你会发现，腰板可以挺得更直，面对生活也会更多勇气。

生活就是一种简单，心静了，事就平和了。若形成压力，便总要逃离；若造就牵绊，便总会失去；若心存芥蒂，便总想远离。有些人永远不适合出现在你的生活中，有些事绝不能好了伤疤就忘了疼。生活就是一种淬炼，让我们在形形色色中看到生命的本真。在意，却不刻意；珍惜，却不痴迷。

生活中的许多苦难，让我们学会了承受，学会了担当，学会了在泪水中挺立自己的灵魂，学会了在坚韧中亮化自己的人格。不以物喜，不以己悲，摒弃一切浮华，把岁月沉淀成丰富的内涵，把沧桑伴着年轮写进记忆。

放下一颗患得患失的心，得到的是宁静淡泊。放下莫名的烦恼，得到的是快乐。不附庸风雅，也不逃离现实，只过自己清心舒坦的生活，只为那骄傲又倔强的性格。独守一方宁静，在时光深处开出一朵清新淡雅的花，不娇媚、不艳俗。心灵深处，是默默地支撑；灵魂之间，是静静地聆听。

或许生命中有很多的艰辛让人无奈，有很多的纠结无处释怀。沉重压抑的时候，告诉自己，只要活着就是一种快乐，只要健康就是一笔财富。人生最难，莫过于有求于人。在最困难脆弱的时候，伸出的一双搀扶的手，要比日常那轻描淡写的关怀温热千万倍。只是大部分时候，患难见真情，难抑内心伤怀。每每此时，都需要内心的一份宁静来抚平那些起伏不平的伤痕。没有希望，就不会失望，心无所求，才能百毒不侵。

说到底，能够赋予内心宁静的，唯有自身的感悟。在这个年代，我们如此富有，不断占有更多的物质来征服世界，然而我们又如此贫穷，每天都在被各种欲望所奴役。物质虽多，终究是冰冷的，温热的人情却是少之又少。在追逐世俗意义成功的同时，我们的心灵更加需要出口和依托，我们的情感更需要共鸣和温暖。活着是为了用心生活，而不是用脚匆忙的赶路，在每一个匆忙追逐的时刻，消耗着生命有限的光阴，我们是否应该在嘈杂的世界里，静下来倾听自己内心的声音，听听自己想要的到底是什么？

外部的宁静可以帮助你找到失去的东西，而内心的宁静则可使你审视自己的人生。宁静如花，开出芬芳；宁静如茶，清心静神。累的时候，放慢脚步，持一份宁静的内心，便能嗅到花香的悠然。守一份空灵的思绪，静静地聆听，那一曲大自然的天籁之音，一份禅意、一份恬淡、一份泰然、一份随意……

学会释放压力，才是对自己最好的体贴

也许生活中的每个人都背负着不同的压力与负担。只不过有的人可以在无形中将压力转化为动力，独自消化；而有的人压力太大，则在不知不觉中走进情绪的黑洞，只觉周身一片阴云雾雨，沉重而压抑。

每个人的承受能力都是有限的，然而每个人都有着永无止境的追求。无所谓是贪心，抑或上进，总是这山望着那山高，想要达到的目标就像那绵延不绝的山峰，没有尽头。

凡事追求完美是一种心态，但接受生活中的不完美，更是一种境界。追求不代表强求，尽量做好即可，没必要非要较真事情的完美程度。这世间有太多的事与愿违、不尽人意，倘若每一件无法完美的事情都要搁置于心头，成为压力负担，那么人生将不堪重负。

有时候，眼泪是一种排毒。有压力并不可怕，可怕的是自己陷入压力之下的情绪黑洞，找不到突破口，无法冲出重围。都说情绪是心魔，一点不错。一旦自身被压力束缚，钻进了牛角尖，整个人的思想就会无限的悲观与消极。仿佛生命的阳光已被阴云全部遮挡，没有一丝光亮，

也没有半点温暖。这个时候，你需要一个人的醍醐灌顶，帮你理出思路的头绪；也需要一场眼泪的释放，冲刷阴云的覆盖。

在现代快节奏的生活中，我们常常要承受很多来自方方面面的压力。假如不懂得自我缓冲、排解、释放，那么苦恼、忧愁、烦躁这些情绪就会给自己造成无限的精神重负。烦躁消极的时候，不妨让自己冷静一下，好好地想一想到底是什么事情让自己如此想不开，放不下。找个时光，好好地放松一下，拒绝不属于自己的承担，试着放松对一些人事的超高要求，解脱别人，也是解脱自己。要学会先处理心情，再处理事情，因为没有什么比健康快乐地活着更为重要，其他的还有什么是非及不可。

人这一生，成功分很多种，不一定非是抵达事业的巅峰，干成一件影响力多么深远的事情。能够经营好自己的生活，完成生命赋予的使命，也是一种成功。每一种成功的背后，都需要付出艰辛与汗水，与其说成功是一杯甜酒，不如说这是一杯苦酒，是许多次失败与坚韧的苦汁聚结而成的结果。很多时候我们确实活得艰难，一面要承受种种外部的压力，一面还要面对自己内心的困惑。在苦苦挣扎中，咬牙坚持下，如果有人向你投以理解的目光，你会感到一种生命的暖意，或许仅有短暂的一瞥，就足以使内心感奋不已。

倘若生活已然艰辛，就不要再给自己增加更多阴郁苦楚。转头望一望窗外，明媚的阳光温暖如注。就算泪眼蒙眬，也会在阳光下闪烁着晶莹的光亮。放过自己吧，不要那么多苛求与好强，不论你想要得到什么，总得先保证自己有一个明媚的心情和健康的身体才行。否则自己都被自己整疯了，一切还会有什么意义。

压力无可避免，但当你承受不了的时候，就要像雪松一样，学会适当地弯曲一下，这样才不会被压垮。大自然中的树如此，生活中的人亦应如此。弯曲是顺应和忍耐，也是一种抖落繁杂轻装上阵的行为艺术。不是见风使舵，也不是倒下和毁灭，而是为了退一步的海阔天空，更是为了让自己更加坚韧不拔、轻松愉悦。

爱生活，爱家人，爱一切，更别忘了爱自己。学会释放压力，才是对自己最好的体贴。

活着，请忠于自己

每个人都是一个独立的个体。也许不是最好的，但绝对是独一无二的。每个人都有不同的思想观念和行为作风，你没必要强求所有人的认同，别人也不能强加自己的思想在你身上。

生活中很多事情都有其多面性，没有绝对的错与对。你只管坚定自己的方向，无须太过在意别人的眼光。任凭别人有着三寸不烂之舌，亦是要保持一份清醒的理智。倘若志不同不相为谋，那就请允许百花齐放、各走一边。

余生没那么长，不用一味地迁就，去惯得寸进尺的人。太过没主见地迎合，不但不会博得真心的友谊，反而还容易失去自我。用讨好维系的关系，往往吹弹可破、不堪一击。得不到回应的热情，要懂得适可而止；接受不了的行事作风，要舍得断然拒绝。每个人都有自己的立场与认知，懂得彼此尊重，才值得留在生命中，否则无论你自我感觉多好，往后都请自便。

说得好，不如做得好。挂在嘴上的关系好，未必是真好，懂得理解和尊重那才是真的好。或许你可以不认同我的观点，但你也别强加你的认为。也许谁都没有错，但我只想做自己。

人的感情就像牙齿，掉了就没了，再装也是假的。掉了的东西就不要捡了，接受突如其来的失去，珍惜不期而遇的惊喜。有些时候失去未必是坏事，拥有也未必是好事。让该去的去、该留的留，舍得精简、懂得筛选，才能雕刻出自己想要的模样。

我们都曾不堪一击，我们终将刀枪不入。爱过、错过，都是经过；好事、坏事，皆是往事。从今天起，努力去做一个可爱的人，不羡慕谁，也不埋怨谁，不亏待每一份热情，不讨好任何的冷漠。要么真心，要么远离，要么现在，要么永不。以前是以前，现在是现在，我不能选择怎么生、怎么死，但我能决定怎么爱、怎么活。我无法左右别人成为怎样的人，但我知道自己想成为什么样的人。

余生尽最大努力做最想做的那件事，过最想过的那种生活，做最想做的那个自己。你是什么样的人，就会吸引什么样的人在身边。无须刻意，不必强求。也许我们始终都是一个小人物，但这并不妨碍我们选择用什么方式去生活，也不影响我们以怎样的姿态做自己。

你永远不知道自己在别人嘴里有多少个版本，所以做好你原本的样子就好。若想懂我，就请亲自来懂，若是讨厌，就请尽情讨厌。人活着可以什么都没有，但不能没有属于自己的思想。好看的皮囊千篇一律，有趣的灵魂却是百里挑一。

当别人不需要你的时候，要学会自己走开，多一点自知之明，少一点自作多情。若是发现不值得你的真心与珍惜，就要学会及时止损、毅然转身。

茫茫人海，缘识万千，每个人都是生命中的色彩，无关对错。不诋毁、不排斥、不冷漠，亦不讨好。走自己的道路，欣赏自己的风景，遇见自己的幸福。

活着请忠于自己，活得认真，笑得放肆，不忘初心，不失自我，活出自己最初的模样，相信这个世界永远比你想的要更多精彩。

人无完人，请宽容谅解

生活就像是人生的一本必读之书，每人一本，与生俱来。自出生起，便算是拆封了属于自己的那本人生之书。尽管初读之时，大都晦涩难懂，但还是要一字一句、一章一节地将之解读。

所谓成长，就是细品书中段落，酸甜苦辣咸、爱恨离怨憎，逐个理解吸收，直到阅尽其中味，方懂其中之奥妙。

其实人生就是一个修行的过程。从懵懂入世、行止由心，到不以规矩不能成方圆，是一个认知过程，也是一个自律的过程。就好像一块天然的石头，不加以雕刻，便难以成璞玉。尽管这个过程会有疼痛，会有艰难，但不经一番寒彻骨，哪有梅香扑鼻来。越是勇于对自己狠心雕琢的人，越能成大器。

先律己，再求他，只有自己先做好了，才有资格要求别人。且不要奢求谁能成为自己理想中的模样，总要允许不完美的存在，才是一种完美。

人与人相处，贵在互相理解与包容。金无足赤，人无完人。尺有所短，寸有所长；物有所不足，智有所不明。很多时候，不必求全责备，能扬长避短最好。《论语》有云："躬自厚而薄责于人"，我们要学会凡事先从自身找问题，勇于承认自己的不足也是一种涵养。而在批评别人的时候，尽量能多一些和缓与宽厚，既有利于被接受，又不至于造成伤害。分歧的根本作用不在于强加自己的思想在别人身上，而是要让别人在理解的基础上去异求同。其实每件事情都有其多面性，只不过同样的事情在不同的人眼里，有不同的看法和不同的处理方式，没必要凡事都渴求得到自己心中的理想值。设身处地，也许能更多理解；换位思考，也许更容易豁然开朗。

"好而知其恶，恶而知其美"，不论是自己喜欢的，还是自己不喜欢的，我们都应该客观评价、公允待之。人与人之间，就是个相互。你对我好，我对你也真；你能多一分宽容，我便也能多一分理解。毕竟恩将仇报的人少，知恩图报的人多。

行走尘世间，每个人都有自己的不容易。关于做人，大家都是第一次，谁不是一边摸索一边成长，一边成长一边感悟。"爱人者，人恒爱之；敬人者，人恒敬之。"努力修炼，做一个心胸宽广的人，宽容别人也是善待自己。多一点宽容，我们的生命就会多一点空间，人与人之间也会更多和谐与融洽。

宽容是心灵上的一种默契和认知，更是一种智慧。苛求多了，烦恼也多，很多事情不是苛求就能达成的。心若宽敞，则明亮欢喜，自然天宽地宽、别有境界。"唯宽可以容人，唯厚可以载物"，只要不是原则问题，灵活变通未必不是一件好事。

没有哪个人不渴求完美，但人生不如意十之八九，我们总要学会在事与愿违的时候，还能够常想一二。谁的人生不是匆匆几十载，苦也一天，乐也一天；成也一天，败也一天。就是这一天一天的拼凑，才书写出人生的故事，描绘出生命的多彩。

《道德经》告诉我们："曲则全，枉则直，洼则盈，敝则新，少则得，多则惑。"凡事不必一根筋，懂得适时迂回曲折，也会别有一番天地；多给别人留有余地，也是给自己留下了后路。宽容别人的同时，也放大了自己的格局，给别人带来鼓励，也给自己带来好心情。

善待自己，过好余生

　　每天清晨，当第一缕阳光温柔地照进窗户，唤醒沉睡的我们，清新的空气伴随鸟语花香，拉开一天的序幕，我们都应该心生欢喜，感恩活着，感恩生命。因为新的一天，如此美好。

　　人这一生，虽无法重来，但它可以有无数个新的一天，而每一天都可以是一个新的开始。走过的岁月，如愿以偿也好，事与愿违也罢，终究已是过去。未来的每一天，都有机会让自己活成自己想要的模样。

　　那些零零碎碎撒落在日子里的瞬间，那些走过岁月时圆满或遗憾的结局，都是生命的丰盈，细碎而喜爱。

　　不要在意岁月带走了青春，心态不能放在自己失去了什么，而要去看我们得到了些什么。生命的旅途终究是一场厚重与丰富，它属于加法，而非减法。

　　有时候我们放下一些东西，反而可以更好地轻装上阵。当日子变得纯简淡然，内心便可以愈加仁慈柔软。爱生活的一点一滴，爱生命的涓涓细流，爱柴米油盐的烟火味道，爱平平淡淡的真实不虚，细细密密的全部收藏于心，扎成岁月的花朵，馥郁芳香、温润流年。

在逐渐老去的路上，揣着一颗清新的心，静而不争、恬淡生活。

人生看似漫长，实则不过昨天今天和明天。容颜可以老去，但爱和希望永远不老。任何人，都有遗憾；任何事，都有不顺。最重要的其实不是结果，而是参与的过程。忘记昨天，活好今天，才能更好地拥抱未来。不眷恋、不烦恼、不畏惧，才能遇见更多的美好。

把不好全部留在昨天，别忘了明天还有更多精彩的可能，把努力全都用在今天。明天能抵达多远，就看今天付出了多少。行走在路上，每一个美好的今天，都应该告诉自己：

凡事，尽心就好。每个人都是独立的个体，能力有限，精力有限，能帮的帮一把，帮不了的也不必为难自己。对于自己苦苦追寻的，也不必太强求。目标可以高一点，但能达到多少，且行且努力就好。

凡事，适应就好。很多东西我们无法改变，万事万物都有它遵循的轨迹，各自运行、各自相安，我们要做的就是顺应它、敬畏它。不要轻易地试图去改变本不可能改变的事情，事在人为也是要看机遇的。大部分时候，我们都应该先从改变自己开始。

凡事，看淡就好。物质的东西，够用就可以；名利的得失，看淡就可以。再大的房子，也装不下贪得无厌的心；再高级的床，也无法让一个焦虑失眠的人安睡。钱财再多，也买不回健康。活着已经不易，自己不快乐没有人能让你快乐。

凡事，乐观就好。人生不过匆匆几十载，谁的人生不颠簸，谁的生活不坎坷。没有谁比谁更容易，人生就是一场经历，哪有过不去的坎儿。无论夜晚多么漫长，黎明总会如期而至。阳光依旧明媚，空气依旧清新，一切依然美好。

不开心的时候，仔细想一想，已经走过多少路，人生还剩多少年。过去的抓不住，现在的在眼前，何必愁眉苦脸地度过剩下的时间。看窗外，阳光晴好、微风不燥，每一天都是新的开始，且让开心成为一种习惯，善待自己，过好余生。

把握今天，快乐到老

人生匆忙，不过几十载，每一天都在奔波，每一天都在奋斗，不知不觉，一晃而过。到最后无论你有什么，或者还没有什么，也都终将要告别于世，归于尘土。

其实人生本来就是孤独的，尽管我们有爱人、有子女、有亲人朋友，但终究自己的日子还是要自己面对，命里该有的所有酸甜苦辣，别人皆无法替代。不要奢望能够依靠谁，哪怕是至亲至爱。不要指望谁能在你无助困难的时候，能够不顾一切来做你的支撑。不是人情凉薄，而是活着的每个人都有他的不容易。尽管人与人之间总是会有这样或那样的联系，但每个人都是一个独立的个体，都有自己的工作、自己的生活、自己的责任、自己的负担。

越是喧嚣处，往往更孤独。心系一处，自走自路。孤独是人生必走的路，必吃的苦。苦到尽头，甘自来。狮子不怕孤独，所以强大；羚羊喜欢群居，所以弱小。人生无处不修行，能在孤独中心静如水，才能在纷扰里安然无恙。

生命中有很多人不是孤僻，而是有原则有选择地社交。和喜欢的人千言万语，和其他的人一字不提。不是所有人都值得你敞开心扉，更不是所有人都能懂你所言。

一件事，想通了是天堂，想不通就是地狱。既然活着，就要好好地活着。与人相处，不妨大条一些，即便有什么让自己不舒服的地方，也劝解自己不要太放在心上。没有人可以做一件事能恰如其分，说一句话能恰到好处。只要心无恶意，又何必太过在意。想法少一点，隔阂就少一些，多一分理解，也就多一分愉悦。有些事想得太多，不但于事无补，反而是徒增烦恼。既不能改变现状，还影响了积极情绪，仔细想想，又是何必？少一分在意，何尝不是一种豁达、一种洒脱。

生为凡尘俗子的我们，总也免不了一些世俗的烦恼。总有一些期许，总有一些怀念。其实日子过得就是心情。昨天再好，也走不回去；明天再难，也要抬脚继续。把握今天，才能快乐到老。要懂得无事心不空，有事心不乱，大事心不畏，小事心不慢。

人性最软弱的地方是舍不得。舍不得一段不再真心的感情，舍不得一份虚荣、一份掌声。然而人生就是一个不断放弃的过程，放弃童年的无忧，成全长大的期望；放弃青春的美丽，换取成熟的智慧；放弃爱情的甜蜜，换取家庭的安稳；放弃掌声的动听，换取心灵的平静。接受与否，有时我们并无选择。

雨，有急、有缓；路，有平、有坎。世上的事，有顺、有逆；人生的情，有喜、有悲。人生苦乐，皆系于心，坦然面对，心平气静，安然于得失，淡然于成败，经营好心情，自当拥有了生活的全部。

生命是一场无法回头的旅行，再好的东西都有失去的一天，再深的记忆也有淡忘的一天，再爱的人也有远走的一天，再美的梦也有苏醒的一天。生命不止，红尘无尽。仅以一程换一种懂得，仅以一途悟一场经历，如此而已。

总有起风的清晨，总有绚烂的黄昏，总有流星的夜晚，人生就像一张有去无回的单程车票，人生也没有彩排，每一场都是现场直播。把握好每次演出，便是对人生最好的珍惜。把握每一个现在，便可快乐到老。

不谈亏欠，不负遇见

　　人生最可怕的事，就是一边后悔，一边生活，却又做不出任何改变。时间真的是这个世界上最好的跨度，让惨痛变得苍白，让执着的人选择离开，然后历经沧桑人来人往，你会明白万般皆是命，半点不由人。

　　生活总是让我们遍体鳞伤，但到后来，那些受伤的地方一定会变成我们最强壮的地方。途径生命的旅程，我们会遇到多少人，最后又随着时间的推移被慢慢驱散。

　　我们是可以快乐地生活的，只是我们自己选择了复杂、选择了叹息、选择了不舍。因为我们太在乎，所以受伤的总是自己，也因为总也学不会珍惜，所以才留下太多遗憾。

　　这个世界就这么不完美，你想得到些什么就不得不失去些什么。生活有苦有甜，才能叫完整；生命有聚有散，才有了轮回。

　　时间是良药，心态是解药。什么时候心态好了，就不用时间慢慢地冲刷伤口了。管理好自己的情绪，让心情舒畅，让人生优雅。心态决定情绪，情绪决定心情，心情决定心境，心境决定生活。心态好，一切安好。

人生在世，委屈、烦恼，那些都是难免，重要的就是，你得越过去，越过它，才会看见蓝天白云。人生总有很多东西无法挽留，比如走远的时光，比如枯萎的情感；生命总有很多东西难以割舍，比如追逐的梦想，比如心中的深爱……

时间对于每个人都是公平的，光阴流转间，带走了些许，也换来了些许。人与人的相遇真的很奇妙，前一秒你不知道会遇见谁，下一秒你不知道又会失去谁。在的时候浑然无感，失去了才顿感怅然若失。总是希望每一次离别可以是下一次重逢的开始，可多少期许终究成空。

离开永远比相遇容易，因为相遇是几亿人中一次的缘分，而离开只是两个人分离的结局。相遇难、分开易，但世人看不到有缘无分的熙攘。人啊，总是这样。悲伤时要一个肩膀，而开心时拥抱全世界。时光偷走的永远是你眼皮底下看不见的珍贵。

生命不长，请珍惜身边的人，珍惜自己的每一天。善待每一个遇见，珍惜每一份情缘。不要管以后将如何结束，至少曾经用心相待过。珍惜上天对你的每一种恩赐，即使是困难；珍惜人生路上的每一次相逢，哪怕是偶然。

将每一天当作最后一天来过，你就会知道去珍惜那些自己该珍惜的。生命太短暂，不够来遗憾。人生是一种态度，心静自然天地宽。不一样的你我不一样的心态，不一样的人生。不要因为停留在不开心的过去，而去错过了本该属于自己的美好的明天。

在我们一直拥有的时候，就一定要好好地把握。因为你不知道什么时候就会突然失去它。只有在珍惜中，生命的乐趣才会得到淋漓尽致的诠释；只有在珍惜中，生活才会溢满充实；只有在珍惜中，心灵才能体会出身边的美丽。

让我们自由而丰盈地去爱，忘我而真诚地去给。此后山长水阔也好，再见无期也罢，至少此刻，我们不谈亏欠，不负遇见。

斩断退路，才能赢得出路

人生就是一场与生活的较量。再长的路，坚持走下去，一步一步终会走完；再短的路，迈不开双脚，也无法抵达彼岸。不要在乎一路奔波，会被脚下的石头绊倒多少次，要知道凡是走在这条路上的人，他都有摔倒的时候。只不过有些人选择了忍着疼，站起来，拍拍身上的土，继续向前；而有的人，则怨天尤人，就此沉沦，停滞不前。

心存侥幸的人，注定得不到自己想要的模样。你付出多少，生活便回赠你多少。船停在码头是最安全的，但那不是造船的目的；人待在家里是最舒服的，但那不是人生的追求。

人这一生没有固定模式，同样是目的地，有人坐头等舱，有人坐经济舱，可以选择适合自己的位置，但却不能输了志向与追求。

不要着急，最好的总会在不经意间出现，当你足够优秀时，你周围的一切都会好起来。那些成功的人，不是因为他们没有失败，只是他们从未放弃。其实成功的路上并不那么拥挤，因为总是有人半途而废。不是因为有希望才去努力，而是只有努力了，才能看到希望。时间是最有良知的朋友，你努力的每一天，它都会帮你铭记。

很多时候我们缺的不是前进的方向，而是缺少一往无前的决心和魄力。不要在事情开始的时候畏首畏尾，也不要在推进的时候瞻前顾后，更不要被难免的困难与坎坷吓倒，毕竟凡事都不可能那么随随便便成功，能够随随便便成功的便也失去了追求的价值。

不要盲目地去做一件事，但决定去做一件事情的时候，就要斩断退路，这样才能更好地赢得出路。尽力而为和全力以赴是两个完全不同的概念，唯有铆足了劲头去拼搏，才会创造出不一样的精彩。

活在这世上，每个人都想通过自己的方式展现自己的人生价值。生命不止，奋斗不息。站在适合自己的位置，做好自己该做的事情，不羡慕，不嫉妒，怀揣善良与理想，在每一个晨起日落间努力。

其实忙碌的人生也没什么不好，你会觉得没有辜负早上化好的妆，也没有辜负中午吃的两碗饭，更没有辜负生命中的这一天。

生命中任何有价值和有意义的东西，都需要我们付出努力和辛劳去换取。你得到什么，取决于你付出了什么。所以不要去羡慕那些头顶有光有环的人，而要学会佩服那些遭遇困苦却依旧从容应对的人。

想要成为什么样的人，过怎样的生活，完全取决于我们自己的选择。学会善待自己，也要学会激励自己；学会放下繁杂，也要学会掌控人生。

有时候适当对自己狠点，未必不是好事。不逼自己一把，你永远不知道自己有多优秀。一个人不怕做过什么，怕的是将来后悔没做什么。生命只有一次，要么成就，要么将就。不想将就，就去努力成就。千里之行，始于足下。漫漫长路，不要问何时抵达，与其观望，莫不如就从此刻出发。

时光不可倒回，生命无法重来，所以不要总是想着重头再来。余生只管大步流星地往前走，相信你想要的答案会在未来的某一刻不请自来。管它有多少未知与崎岖，都会比站在原地等待更接近幸福。

时间顺流而下　生活逆水行舟

常听人们说，生容易、活容易，生活不容易。其实我也这样觉得，放眼望去，尘世中的身影，哪一个不奔波，哪一个不匆忙；哪一个不辛苦，哪一个不奋力。不论想与不想，都要为了生计而坚持；不论是否喜欢，都要以坚韧与汗水来兑换岁月的安暖相待。

多少人说着希望被岁月温柔以待，到头来岁月又对谁格外青睐？时间顺流而下，生活逆流而上，只有迎风前行、不懈努力的人，才会换来本该得到的幸运。否则就凭异想天开、心存期待，是不可能天上掉下馅饼的。

生命是一段精彩的旅程，就像一场花开，总要活出自己的样子，而不是别人的影子。

而生活注定是一场长途跋涉。没有了酸甜苦辣、艰难心酸，便是索然无味。说到底生活也是需要我们用心经营的。你若心怀热情，生活自然美妙多姿；你若消极沉郁，生活自然苍白无趣。

一辈子，反反复复在日与夜的交叠更替中，缕缕光影纵横交织，若想要流光溢彩，就需要我们在这块时光的织锦上描绘出生动有趣的景象，渲染出丰富多彩的画卷。

拥有什么样的生活状态，取决于你对待生活的姿态。是要面朝阳光，热情洋溢，还是背对阳光，阴影笼罩，就看你为自己选定了怎样的方向。要知道很多时候方向比方法重要，选择比努力重要，态度比能力重要，心态比技巧重要，信心比基础重要。

人活一世，总是不免有大大小小的目标，支撑着自己走完一程又一程。也正是因了这些目标的设定难易参半、成败夹杂，人生才变得更有意义。

我总是相信，夜晚的太阳也会放出光芒，只不过是照射在了地球的另一端。人的心态也一样，有时不是我们不行，而是我们选择了认为自己不行。倘若所有理想都那么容易实现，那还有什么价值。

每个人都有潜在的能量，只是很容易被习惯所掩盖、被时间所迷离、被惰性所消磨。时间不会停下来等候，只有我们去把握。要知道年轻就是资本，而我们现在过的每一天，都是余生中最年轻的一天。只要你不泄气，一切就都有希望。

无人理睬时，坚定执着。不要嫉妒别人的成就。所谓嫉妒，表面上是对别人不满，实际上是对自己不满。只有在哪些方面不及，才会在哪些方面表现出对别人的愤懑。相信没有人能随随便便成功，失败乃成功之母。当你什么都不敢相信时，请至少相信一切都会过去，因为你并不是唯一耗不过去的苦主，我们都在时间的熔炉里。

沉落低谷时，心如止水。只要路是对的，就不害怕路途遥远；只要认准是值得的，就不在乎沧桑变化。这个世上有很多事情都是好事多磨，耐得住寂寞，才能守得住繁华。不轻言放弃，才不会被岁月所辜负。谁的人生不是荆棘前行，生活从来不会一蹴而就。命运犹如手中的掌纹，不管多曲折，终是把握在自己手中。

命运使然，万事流转。抿一口闲茶，安安静静；持一份信念，宠辱不惊。随时间推移，顺流而下、扬起风帆，就算逆流而上，也一样可以稳稳掌舵、直抵彼岸。

笑看人生峰高处　唯有磨难多正果

曾有人说过，生活如一段录音，倾听午夜的独白，纵情灵魂的舞蹈；记忆如一段儿歌，纯真绚烂的往事，珍藏曾经的童谣；命运如一株蒿草，笑看天空的变幻，固守无助的孤傲。

生活中的我们，倘若仰望天空，就会觉得什么都比自己高，或许心生自卑；倘若能俯视大地，便又觉什么都比自己低，又会自负；唯有放宽视野，把天空和大地尽收眼底，才能在苍穹泛土之间找到自己真正的位置。

不论今天多么困难，都要坚信：只有回不去的过往，没有到不了的明天。你成不了心态的主人，必然会沦为情绪的奴隶。

让我们心存美好的梦想，播下一个行动，收获一种习惯；播下一种习惯，收获一种性格；播下一种性格，收获一种命运。思想会变成语言，语言会变成行动，行动会变成习惯，习惯会变成性格。便会影响人生。

因为我怕输，所以我能忍。在这世上能走的路有千万条，但适合我们走的却只有一条，别人走的不一定永远平坦，而自己走的路也不会永远曲折。

我不去想是否能够成功，既然选择了远行便只顾风雨兼程；我不去想身后会不会袭来寒风冷雨，既然目标是彩虹桥，那么留给观众的只能是背影。

每天给自己一个希望，试着不为明天而烦恼，不为昨天而叹息，只为今天更美好；试着用希望迎接朝霞，用笑声送走余晖，用快乐涂满每个夜晚。

努力做一个不动声色的人，花于无声处绽放最美，人于宁静里凝香愈浓。不喜于矫饰，不惯于张扬。与其华贵外表，不如优雅谈吐，容颜与时俱逝，内涵伴你不老。

不媚不扬，素雅恬淡，以婉约之势，只念一晌安暖，以一朵花开的明媚，在如水的光阴中展示最真实的自己。宁愿花时间去修炼不完美的自己，也不要浪费时间去期待完美的别人。

倘若心存梦想，自当勤勉以求。学习要加，骄傲要减，机会要乘，懒惰要除。唯行动是成功的阶梯，行动越多，攀登越高。古人有言曰："临渊羡鱼，不如退而结网。"与其做一个有价钱的人，不如做一个有价值的人；与其做一个忙碌的人，不如做一个有效率的人。

战胜自卑的唯一办法就是自强，千万不要在别人看不起自己前，自己就先看低了自己。与其让那些想不通的问题在心中打结，还不如去想想明天的路该怎么走。

有时候失忆是最好的解脱，沉默是最好的诉说。

都说年轻是我们唯一拥有权利去编织梦想的时光。而理想成于坚韧，毁于急躁。在沙漠中，匆忙的旅人往往落在从容者的后边；疾驰的骏马在后头，缓步的骆驼继续向前。只有在逆风的方向，才能飞出倔强的坚强。

路再长也会有终点，夜再长也会有尽头，不管雨下得有多大，总会有停止的时候。乌云永远遮不住微笑的太阳！你的面前有阴影，那是因为你的背后有阳光。

繁华历尽，方知平凡是真；回首沧桑，只想平淡如水。

但愿我们都可以在属于自己的日月中用隐忍解读生命的坚强，用绽放诠释生命的绝美。

每一天都是新的开始

光阴日复一日，年岁朝朝又暮暮。日子过得久了，仿佛会陷入一种重复循环的怪圈，人生最高的境界就是能够将每一天平凡琐碎的日子，过得流光溢彩、不失激情。不是说要去做什么，而是心里在想什么。有什么样的心态，就有什么样的生活；有什么样的姿态，就会有什么样的人生状态。

不要因为乌云一时遮挡了阳光，就觉得走不进春天；不要因为独行的路上没有掌声，就放弃自己的追求。很多事情的发展注定有属于它的结局，你坚持了多少，终会回报多少，就算遇到了南墙需要转个弯，也未必不会是最好的安排。好好享受人生美丽的过程，擦身而过的时候，我们应该学会遗忘，如愿以偿的时候，也别忘了用心珍视。相信心有期待的人，每一天都是崭新的一天。

因为心有目标，所以坚定脚步；因为还有梦想，所以干劲十足。日子无非就是这样过了一天又一天。余生你所有想要实现的目标、完成的心愿，都是推进你不懈前行的动力。就算偶尔有梦想变成了破碎的泡沫也没有关系，人生还有那么多事情要做，有那么多彼岸想要抵达，偶尔有点波折也算不得什么。就是因为不易，得来才更加珍惜。

无论心情怎样，都不要让自己颓废，生活总要有些裂缝，阳光才能照射的进来。就算你留恋开放在水中娇艳的水仙，也别忘了山谷中寂寞的角落深处，野百合也有自己的春天。

好运不会总是降临在你身上，努力是唯一能让你站住脚跟的依靠。生活，需要追求；梦想，需要坚持；生命，需要珍惜。但人生的路上，更需要坚强。走过云雨，依旧心有期待，翻过高山，便可观得最美丽的风景。

过了做梦的年纪，就只能往前走。只要内心不乱，外界就很难改变自己什么。不要艳羡他人，不要输掉自己。世界很大、风景很美、机会很多，人生很短、路却很长，提醒自己不要蜷缩在一小块阴影里，太久地停滞不前。

不管现在有多么艰辛，我们也要做个生活的舞者。命运从来不会同情弱者。我们活着，不是靠泪水来博取同情，而是靠汗水获得鲜花与掌声。即使是在最孤独的时光，也要塑造最坚强的自己。我们的人生必须励志，不励志就仿佛没有灵魂。每个人都有潜在的能量，只是很容易被习惯所掩盖、被时间所迷离、被惰性所消磨。

人在途中，不怕万人阻挡在前方，只怕自己先行怯懦投降。生活其实很简单，过了今天就是明天。只要还有明天，今天就永远是起跑线。那些知道自己目的地的人，才是旅行得最远的人。

站在人生的驿站，我仿佛看见了春天层层叠叠的翠绿，每一个新的期待，都蕴藏在那碧海波涛里，葳蕤蓬勃。春风来了，一丝丝、一缕缕，都饱含着生命的律动，插上希望的翅膀尽情翱翔。我仿佛嗅到无数春花的芳香，那些被冰封的花朵，在春天的原野中争相怒放，每一朵花都有其不同的风骨，诉说着不同的花语心愿。

翻阅如花的心事，放飞满心的期许，让心中每一份新的期待都能展翅飞翔在这希望的田野，任思绪微漾，兀自与岁月共清欢。倚一窗春情缠绵，看一场细雨纷飞，内心的暖意穿过清风的帷幔，落入季节的流转。轻折一支春，勾勒一幅心暖花开，将最美的期待植于灼灼美艳间，绵绵回味。相信只有承担得起旅途的风雨，才能最终守得住彩虹满天。

不远不近　是最好的距离

　　人与人之间最好的交往，是保持适当的距离。每个人都需要足够的自我空间，它就像一个无形的气泡，为自己划分出一块属于自己的领域。不论是情感世界，还是内心世界，抑或个人空间，都需要保持这个自我领域的足够自由与自我掌控。不要说你们是知己还是闺蜜，不论关系多好，一旦个人空间被太多地占据，甚至触犯时，我们的内心都会觉得不舒服、不自在，觉得厌烦，甚至恼怒。

　　最好的感情是建立在彼此的尊重和理解之上，不僭越、不冒犯、不挑战、不造作。不是拿着感情好的盾牌就可以为所欲为，觉得多给了几分颜色就可以越俎代庖。每个人都是一个独立的个体，绝对不会因为感情好，就需要寸步不离、无话不谈。

　　所谓无话不谈，不过是倾诉了对别人不愿轻易吐露但终究还是选择性愿意坦言的部分，至于内心深处是否还有更隐藏的秘密，那是个人自由，也不是拿来评判够不够朋友的标准。

　　不要背后说人，不要在意被说。一无是处的人没得可说，越是出色的人越容易被议论。世间没有不被评论的事，也没有不被评说的人。

这世上有些风景只能喜欢，却不能收藏，就像有的人只适合遇见，却不适合久伴一样。如果你不懂得珍惜，我的热情也会过期。每个人都存在个人的缺点，没关系，真实地做你自己就好，因为别人都有人做了，而我之所以会觉得与你投缘，必定因为你就是你，不是别人。

不要轻易把伤口揭开给别人看，因为别人看的是热闹，而痛的却是自己。嘈杂的氛围，与其违心赔笑，不如一人安静；友情的路上，与其在意别人的背弃和不善，不如经营自己的尊严和美好。沉淀自己的心，静观事态变迁。人人都忙于自己的欢喜与悲伤，哪有空回顾你是孤独还是欢闹。

有时候想念不一定就要相见，投缘不一定要时刻相伴。不远不近、进退得宜，才是最好的距离。你要相信，每一种距离都有它存在的意义。

失败的时候，一只拭去你泪痕的手，要比成功的时候，无数双向你祝贺的手重要。无助的时候，一只主动伸出的援手，更是要比平时牵在一起欢笑打闹的手更值得珍惜。

多少人口蜜腹剑，嘴上说着看似为你好的话，实则背后充满了算计与心机。借着关系好，说着无中生有的话，殊不知，人不能作，事不能拖，话不能多。你可以不仁慈，但请你务必善良，不要诋毁别人的优秀、嫉妒别人的成果，甚至破坏别人的幸福。

别打着真性情的旗号，去做一些不顾别人感受的事，毕竟这样只会暴露你没有教养且低情商的事实。真正的直肠子是朴实的善良、纯简的热心，即便笨拙，也无害人之心。

当然，如果别人非要朝你扔石头，你就不要扔回去了，尝试着看看能不能留着做你建设高楼的基石，这也未尝不是一件好事。

不论你和谁友好，都不要妄想拿着别人的地图找自己的路。每个人都有属于每个人的轨迹，每天多一点点的努力，不为别的，只为了日后能够多一些选择，选择云卷云舒的小日子，选择配得起更多美好。昨天你是谁不重要，重要的是今天你是谁，以及明天你将成为谁。少一些纷争。有些事，需忍，勿怒；有些人，需让，勿究。保持距离、面带微笑，是对方能感受到的最贴心的温暖与亲切。

恶人相远离，善者近相知

人和人之间短期交往看外表，长期交往一定是看人品。热情都是一时的，真正影响以后相处的是一个人的性格和素养。

一个人可以没钱没势没长相，但一定不可以没有善良的品格。只有良好的道德修养，才是一切的基础，否则有再多的优点，也只能是零分。

交朋友，一定要交人品靠谱的。善良的人才在你有难时帮助你，在你迷茫时引导你，在你走错路的时候点醒你，成为你的益友和良师。人品不过关的人，你永远不知道他什么时候会在你的背后捅刀，什么时候会把你拽上歧途。

亚里士多德曾经说过："谁都是朋友，实质对谁都不是朋友。"有些人看上去人缘好得不得了，其实不过是一种广结善缘。至于有没有最重要的那一个，估计自己心里都说不上来。

"求友须在良，得良终相善。求友若非良，非良中道变。"择善而交，就是要看真心。交朋友，靠性情互相吸引，可以兴趣相投；靠人品互相扶持，不会走入歧途；最后要靠真心相互珍惜，才能圆满长久。

真心对你的人，不一定是最殷勤的那个，也不一定是嘴最甜的那个，但是他不会利用你、不会猜忌你、不会伤害你，更不会随随便便就抛弃你。

遇到事了，你就会发现，他才是那个你可以求助的人；时间久了，你就会发现，他才是那个不多说却一直在你身边的人。

泛泛之交的人，不必太放在心上，因为迟早会走散。真心待你的人，记得加倍珍惜，这才会是一辈子的朋友。人活一辈子，既要认真做事，也要明眼看人。虽然有些朋友很平凡，但很真诚，这种友情依然重千金。

有人帮你是幸运，学会心怀欢喜与感恩；无人帮你是命运，学会坦然面对与承担。交朋友，永远不要因为一时的志趣相投、突然的拔刀相助和一时孤独的陪伴就认定对方，别太早把你的一切和盘托出，看清一个人至少要经历几个春夏，共同走过一些岁月，否则此前的一切都可能只是表演或者他对你的成本投入。当然，有的人可以演一辈子，便也和真的没有区别了。

两个人的相处，必然是相知相惜，彼此尊重也彼此看重。太过迁就别人，别人就会变本加厉地为难你；太过忍让别人，别人就会得寸进尺地伤害你。事实上你所遇见的"贱人"，大多数都是被你的"好"给惯出来的。

善者近相知的友谊是一种温静与沉着的爱，为理智所引导、习惯所结成，从长久的认识与共同的契合中产生，没有嫉妒，也没有恐惧。人与人之间，只有真诚相待，才是真正的朋友。否则时间会暴露一切真相。

恶人相远离，就是不要和恶人有近距离地接触或者交往，躲不掉，就要时刻有防备意识，表面上不要有任何言语上的碰撞，懂得在恶人面前保护好自己才是最上策。能够在面目、外表、言行、举止上直接看出来的恶人不可怕，可以防备戒备，但有一种恶人吃人不吐骨头，很多人都识别不出来，而且当靠近他们，还会让人感觉他们人很好，这一类人是隐藏最深的恶毒，不易识别却还影响颇深。

比起那些有心机的笑面虎，可能心直口快的人更值得交往。一眼见底的清澈之水，总比那些看起来迷人却不知暗藏着什么危险的湖光景色，更容易让人放心踏实。蜜蜂虽然会蜇人，但跟着蜜蜂走，总会找到花园，而跟着苍蝇走，却有可能只是遇到垃圾。日久见人心，看的不是表相，而是内心的纯良。虽说识人不易，但再难，也要择善而交，不善者，远之。

愿岁月如初，你我如故

葱茏岁月，悠然前行。每个人都可能与幸福欣喜相逢，每个人都可能与痛苦不期而遇。苦乐交融，百味杂陈，方为人生。尽管无情的岁月沧桑了我们曾经芳华的容颜，却也沉淀了我们人生的底蕴。往事如烟，色如清，已轻。经年悲喜，净如镜，已静。

往后的日子，只想过得清淡纯简。将一缕岁月，妥帖安放，或悲或喜；将一怀沧桑，静静收藏，或浓或淡；将一份缘识，铭记于心，或聚或散；将一份情怀，婉约成诗，或歌或吟。

在素来清简的日子里，于文字中寻一份感悟，让心灵安暖；在茶香中品一味冷暖，让尘埃落定；在内心深处开一扇晴窗，种满花朵和阳光，让岁月安然抵达。

心中可以充满阳光与温暖，生活便一片明媚和柔软。人生原也没有什么过不去的坎儿、大不了的事儿。只要能想开看开，一切困难便可迎刃而解。

平凡的人生总有许多不完美，诸如痛苦，诸如挣扎。人生也总有许多小确幸，诸如快乐，诸如幸福。

懂得享受生活的人，便懂得在痛苦中回味点滴快乐，苦也是乐，充满正能量。性情悲观之人，却只知道在快乐中吹毛求疵，永不知足。不知足者，不得福。其实生活本美好，更多时候生活需要的，是我们发现美好的眼睛和欣赏美好的心境。

我们总要学会快乐，让快乐成为一种习惯。还要学会微笑，让每一天都充满希望。微笑是宠辱不惊，闲看庭前花开花谢的恬淡；微笑是一束光，明媚而温暖，经年所有的心酸苦楚，皆可被一笑而过。

行走在光阴的陌上，我们不过是岁月的拾荒人。总得给自己一片天空，学会飞翔；总得给自己一个角落，学会遗忘；总得给自己一方空间，学会成长。

生活总免不了烦恼，难就难在能够站在烦恼里仰望幸福。走过四季如歌，总有起风的清晨，总有绚烂的黄昏，总有流星的夜晚，也总有雨后的彩虹。

就像生命中总有人来了又走，也有人走了还来。缘聚缘散，皆是际遇，无所谓好坏，各有滋味。岁月给你的，你只管接着就好。生命如水，走过，才知深浅；岁月如歌，唱响，方品心音。

一程山水一程人，一段时光一段缘。留不住的是光影如梦，留得住的是山重水复。愿山长水阔，风景依旧，时光如初，你我如故。

低质社交 不如高质独处

不知从什么时候起，自己就渐入了越长大越孤单的这一行列。不是自视清高，也非不合群，只是觉得低质社交不如高质独处，没有必要浪费太多宝贵的时间在那些虚情假意的交杯换盏、嘘寒问暖间。日常就连那些所谓的有缘结识、无事叙旧，我都懒得多做应对敷衍。

真正好的朋友，从来不需要这些表面功夫。走在这漫漫俗尘，形如微尘的我们每天忙碌的像只蝼蚁，哪有时间去整那些虚假的表面文章。那些沉淀在岁月里的真情实意，哪一个不是无事各自忙，有事时却又从不问回报几何的真心相助？

至于那些平日里看上去可以一起打闹、一起吃喝、一起厮混，看似好成一片的人，或许只是你在多少次的四目相对之时，动了真心，存了真义，是你默默认定对方可称朋友，有困难的时候是你愿意伸以援手，但未必对方一样。

多少看似热情的人，内心是薄情的。而多少看似淡漠的人，内心实则一片温热。那些表面热诚的人，总是相安无事各自好，一旦你有事需要援助，别说大事，就是小事代劳，你都会发现原来不过情比纸薄，对方远比你自己想的要现实得多。

有些人自从与你接近，内心就存有一份自己的打算。定是你于他而言，多少有些可用之处。正所谓无事献殷勤，非奸即盗。在这个功利心弥漫的世态下，没有哪一份意外的热情不无所图。

多少人天真地以为认识的人越多，人脉就越广，自己就越厉害。其实那些所谓的人脉，不过廉价。倘若你没有同等的利用价值，谁会与你建立起所谓的交际？最是谈钱伤感情，也最是感情不值钱。别结识了比自己优秀、比自己有能力的人，就觉得有了依靠、有了光环，自己不足够优秀，结识谁都没有用。在你困难需求的时候，你开口求助，能够推脱敷衍那算给面子，对你闭门不见、佯装不熟也是情理之中。

日久见人心，患难见真情。平时是平时，别把平时当真情。这世上多少人变脸如翻书，有求于你一个样，各自安好一个样，最是有求于他嘴脸陋，让你瞬间就明白何谓人情凉薄。

随着年龄的增长，人与人之间的交往就不再那么纯粹而真心了。也正是因为如此，才更要珍惜那些默默守护在你生活中的朋友。别看平时忙的少有见面、少有聊天，就连微信，都少有私信。但有事儿的时候，只一声招呼，谁能出力都会挺身而出、义不容辞。

最是这样的情义值千金，沉静无言，却如青山绿树，恒久不变。

生活中大多是不想有求于人，最好的成熟就是不轻易给别人添麻烦。但生活难免有坎坷、有困难的时候，要求也要开口于那些值得你开口的人。不要觉得吃过两次饭人家就认识你是谁，不要妄想你曾帮过别人，别人就一定会投桃报李。廉价开口不如冷傲坚强，低质社交不如高质独处。

房宽地宽　不如心宽

不管昨夜经历了怎样的泣不成声，早晨醒来这个城市依然车水马龙。开心或者不开心，城市都没有工夫等，你只能铭记或者遗忘，面对并且接受。人总是在闲逸的时候容易多些愁绪，殊不知这世上只要身体健康，没有什么是大不了的困难。

生命就像是一朵绣花。从底下看，总是一堆乱七八糟的走线，然而从上面看，却是一朵盛开的美丽花朵。而我们便是这生命的作者，又何必给自己撰写那么难言的剧本？

不要在意别人在背后怎么看你、说你，因为这些言语改变不了事实，却可能搅乱你的心。优秀的人总能看到比自己更好的，从而树立全新的目标，而平庸的人总能看到比自己更差的，倒也是容易满足。其实只要不是不求上进，知足常乐也是好的。

给自己一份好心情，让微笑时刻挂在脸上；给别人一份好心情，让生活也对我们微笑。千保健，万保健，心态平衡是关键。高官不如高知，高知不如高薪，高薪不如高寿，高寿不如高兴。

淡然的姿态、泰然的处事，不争不嗔、不怒不怨，学会低调、懂得藏拙、大智若愚、韬光养晦，这未必不是养生的最佳境界。所谓不急不恼百年不老，不懒不谗益寿延年。

不论当下处于何种状态，倘若无法改变，就说服自己欣然接受。尝试着欣赏你目前的环境，爱你目前的生活，在无意义之中去寻找意义，在枯燥之中去发现乐趣。你要知道岁月流逝，不慌不忙，开心一天，不开心也是一天。

累的时候就缓一缓，每一次休息都只是为了更有力地重新起步。痛苦中不呻吟，贫困中不埋怨，失败中不颓丧，打击中不屈服，生命才会铿锵有力。

人们常说信念是一个人的精神食粮，然而身体却更是革命的本钱。有什么别有病，没什么别没钱。缺什么也别缺健康，健康不是一切，但是没有健康，一切就都会失去意义。房宽地宽，不如心宽；千好万好，不如心好。房子修得再大，也是临时住所，人生百年，最终却只有那个小木匣子才是永久的安身之家。不妄求则心宽，不妄做则心安，屋宽不如心宽，身安不如心安。

或许人的一生可以忽略很多事情，但最不该忽视的就是健康。运动可以代替保健品，但所有的药物和保健品都不能代替运动。今天你没有时间为健康投资运动，明天你可能就会有时间感受失去健康的苦楚。智者要事业不忘健康，愚者只赶路而不顾一切。

不珍惜健康的人是因为他们不曾经失去过健康，更是因为他们不明白健康的可贵。生命在于运动，大家都知道运动是健康的投资，长寿是健身的回报。相逢莫问留春术，淡泊宁静比药好。人无泰然之习惯，必无健康之身体，合理的饮食、规律的起居、适量的运动、愉悦的心态，才是身心俱健的基石，更是千金难买的财富。

忙时井然，闲时自然；顺多偶然，逆多必然；得之坦然，失之怡然；

捧则淡然，贬则泰然。心态是最好的年轻态、健康品。树老怕空，人老怕松。戒空戒松，从严从终。天怕乌云地怕荒，人怕疾病草怕霜。花美，美在绚丽；人美，美在健康。

给自己一点时间，放缓一下前进的脚步，体察一下你最重要的身体是否需要你的慰问与关怀。你若爱它，它必惜你；你若护它，方保康健。切莫等到健康欲别，才恍然觉得原来它才是最值得追寻和拥有的重中之重。

时光，因爱而温润；岁月，因情而丰盈；生命，因努力而繁荣；生活，因健康而绚丽。只有我们经历着、珍惜着、感念着，也养护着，日子才能一天天幸福着，也快乐着、生动着，也充满活力……

人心换人心　你真我更真

随着年龄的增长，我们的生活越来越有规律、越来越循规蹈矩。曾经随意任性，被看作是回不去的青葱岁月；而今成熟稳重，却是岁月赐予的成长与沉淀。于是什么时间要做什么事情，就像一道道程序，日复一日在我们每一天的时光流逝中。或许正是因为如此，才会有了越长大越孤单这句话。

以前交一个朋友很容易，一句话、一个眼神，无所谓心灵的契合、思想的共鸣，能玩儿到一块儿就是朋友。因为心思纯澈简单，所以情感也简单。现在得一真心挚友，仿佛是大浪淘沙。那扇尘封已久的心门，落满了岁月的尘埃，不再轻易任人出入。纵是受得起缘来的喧嚣，亦是受不起缘去的寂寥。与其起落浮沉，不如干脆沉寂，日子也就过得如同流云流水，风平浪静。人生有时候就像是一部起伏有致的小说，每一个情节都环环相扣、不可删改。

朋友不过是心灵的归宿。至于路途的沟壑，终究还是要自己去填满、去跨越。每个人的一生都会邂逅几段或深或浅的缘分，只是时光长短、聚散分离，皆由不得你我做主。就算没有谁能陪伴自己走到最后的终点，我们也依旧会感恩那些深刻的相逢、情深的相伴。与曾经不同的是，以前不会太过认真，即便觉得彼此不够契合，转身拜拜便是，云淡风轻。

而今长大了，不会轻易认真，亦不会轻易淡漠。或许这就是成长，因为不再年轻，而不再轻狂任性。既重情，又很大条。所谓君子之交淡如水，在一起时，惺惺相惜；不在一起时，彼此牵念。可以心灵交汇，也要给彼此留出足够的空间。

友情的经营需有一定的艺术性。不能太过于重视，否则对方会觉得压力很大，会被你的重视压得喘不过气，但又不能过于疏忽，疏忽到漠不关心。相伴的岁月，开心最重要；相处的两个人，要学会彼此包容。生活没有那么多恰到好处，言语没有那么多恰如其逢。你若计较，处处是争议；你若宽容，事事皆和谐。不高兴是因为你没有容人的雅量，阴沉的脸色无须摆给谁看，别人就算看到了，也懒得理会。

与人相处最累的就是你都不知道怎么回事，对方就各种不开心。要么有事儿你就说，要么就心大些，一起嬉笑，一起打闹，谁那么多闲心有那么多想法。都说人这一生，知心的朋友不需要太多，三两足矣。我亦是觉得，情有所衷是一种信仰。喜欢一个人就是一种感觉，就像谈一场恋爱，只要是对的人，他便可以瞬间点亮你的眼神，直入你的心房。懂你，无言也默契；不懂，言多亦废。

一个随性率真的人，喜欢大气豪迈的朋友。和相处不累的人在一起，和心胸宽广的人共悲喜，不用担心撕下伪装会被嫌弃，也不必害怕纵情豪放会被以为是疯子。友情不是一幕短暂的烟火，而是一幅真心的画卷；友情不是一段长久的相识，而是一份交心的相知；友情不是一堆华丽的辞藻，而是一句热心的问候；友情不是一个敷衍的拥抱，而是一个会心的眼神。喜欢一个人，始于真诚，忠于品行。

在一起没有开不起的玩笑，也没有受不起的冷落。哪怕是多少天的无暇顾及，需要的时候，依旧能出现在身旁，无怨无悔。这不是我对朋友的要求，而是我对朋友的态度。想说就说、想笑就笑、想哭就哭，无条件地信任、不设防地依赖。相知的两个人从来不需要任何解释。你对我好，我对你更好。

你若踌躇　时光虚度

时光悄悄地流，岁月静静地走。我们皆如一粒凡尘，不论步履深浅，管它路途远近，皆不必时刻在意距离几何。未来很遥远，无须尽情想象它的模样。不懂的多了，烦恼反会少一点，看透的多了，快乐倒会躲得远一些。心是一个人的翅膀，心有多大，世界就能有多大。很多时候限制我们的，不是周遭的环境，也不是他人的言行，而是我们自己。看不开、忘不了、放不下，把自己囚禁在灰暗的记忆里；不敢想、不自信、不行动，把自己局限在固定的空间里……

一个人最好的状态，就是面对生活的各种情况都能迎面而上。很多时候，只要心中坚信我行，不行也行，倘若心中怯懦质疑，行也不行。就算忙得四脚朝天，也要尽可能要求自己面面俱到，啥也不能落误，这才是生活中的铁将军。

不要埋怨当下的辛苦，每一天的汗水都会为你闪烁出耀眼的光芒；不必在意别人的看法，别人不知你的过去，不了解你的当下，自然不懂你的追求。

如果不能打破心的禁锢，即使给你整个天空，你也找不到自由的感觉。忙碌的日子里，给自己一个坚持不懈的理由，相信人生每一条选定的路都难免有泥泞坎坷，倘若因为颠簸，就想要弃之再选，如此意志薄弱，就算有了新的选择，也依旧难以坚持到底。

　　认定的，就不会轻言放弃；选择了，就一定会不负初衷。要么不做，要做就一定用心。不求最好，但求尽力。

　　不抱怨、不言苦、不忧伤、不认输。压抑了，换个环境深呼吸；困惑了，换个角度静思考；失败了，蓄满信心重新再来。豁达人生，宽阔心怀，原谅错误，坦然生活，修得胸中雅量，蓄得一生幸福，俯身去做事，用心去做人。

　　用简单的心看世界，世界便是澄澈的；用简单的心去生活，生活就是诗意的；用简单的心看待人生，人生即是向上的。总有些日子，风有点大，雨有点急，天有点黑，人有点累，脚下的砂石有点多，你的内心有点茫然。但你应该知道，风会止，雨会停，天会亮，路还很长，没有理由停留。树的方向，风决定；人的方向，自己决定。人生太短，没有时间留给遗憾。你若踌躇，时光虚度，若不是终点，就不要把自己留在原地。

　　梦想就像那迎风起航的风帆，无论是在阳光下暴晒，还是在风雨中飘摇，都是抵达彼岸的必经之选。你若追逐，自当坦途；你若认输，自然艰堵。

　　心态才是支撑你扬帆远航的长篙，能迎多大的风，就能破多大的浪，能走多远的路，就能成就多大的梦想。眼界能决定你选择的方向，格局意味着能成就多大的规模，毅力会支持能够走多远，用心注定你做出多好的成绩。

　　做一个温暖的人，融化得了考验生活所有的冰刀剑戟。给自己一个无所不能的勇气，去奋力追逐所有想要达成的心愿。定力就是别人犹豫我坚持，同伴撤退我依旧。

　　我就是我，做这世上不一样的鬼火。用加法的方式去爱人，用减法的方式怨恨，用乘法的方式感恩，用虔诚的信仰去拼搏。不退缩、不反悔、不服输、不惧苦，让满满的正能量照亮自己前行的道路。一路奔跑，一路向前，义无反顾。走过嘈杂是宁静，穿过拥堵是广阔，终有一天你会发现，因为走得远，所以天更阔，路更宽，你会发现全世界都在向你微笑。因为欣赏，所以执着；因为善良，所以感恩；因为努力，所以幸运；因为美好，所以幸福。

快乐的人生　少一分在意　多一分宽恕

　　生活中每个人都有自己在意的东西，或大或小，或人或物，抑或一些事情。记忆是每个人与生俱来的本能，美好会记着，不好的更会记得。所以很多人觉得自己不快乐是因为自己记得的东西太多了，而那些感觉快乐的人，不是没有记忆，而是选择性记忆。

　　其实记忆本身于人，是一种馈赠。心胸宽广的人，用它来记录人生的美好，慰藉自己；狭隘计较的人，却用来怨怼恩仇，惩罚自己。

　　人活这一世，谁能不遇到委屈，又有谁能不经历艰难。人生怎能无缺憾，生命怎会无过错。如果把所有的事情都缠绕在心上，耿耿于怀，那么生活必然一片沉重颓然。有限的生命，谁都不易，何苦那般为难自己？与其将那些繁杂琐事纠结于心，不如看淡、看轻。

　　生活的真谛就在于宽恕与忘记。宽恕那些曾经伤害过我们的人和事，相信没有谁有意伤害，只不过难言苦衷与无奈。宽恕别人，也是善待了自己。忘记那些不值得铭记的东西，生活的垃圾尚且需要我们及时清理，情感与心情的垃圾也无须抱残守缺。心若明朗，生活处处皆暖阳。

人生最忌讳的就是凡事太过在意。就算在意到为其舍生忘死、一命归西，又能如何？

人生的舞台上，谁没有得与失、成与败？太在意只会让自己迷失方向，更多失意。人生不过匆匆百年，当你想到匆忙流淌的时光，有一天终是将生命推至尽头，再无回首，你还会觉得来日方长，让你学会遗忘和释然吗？

最是生命经不起等待，何不如就在此刻，让那些盘桓于心间已久的烦恼与忧愁，随着天空上那一抹恬淡的白云，渐渐飘远、散去，最后消失在那漫无边际的蓝天之下，还内心一片湛蓝、一片澄明。

这世上没有跨不过的河，迈不过的沟。很多时候能不能想得开，能否放得下，都得看自己是否想得开。生命这一程，总是交织着风霜雨雪，夹杂着泥泞坎坷。面对顺境不要沾沾自喜，面对逆境也莫要怨天尤人。生命的列车总是要连同荆棘沼泽一同走过，才算完满。

无论是顺境还是逆境，终归是要过去。倘若你强行将自己困在回忆之中，只会让自己备受煎熬。人生如白驹过隙，又何必将自己置若伤情、执迷不悟？学会释然、尝试放下，以一颗洒脱的心不负似水年华。无论明天会怎样，只要心存美好的期待，太阳终会升起，阳光依旧温暖。

人生如一杯清茶，除杂才得其精华，洗尘才见其纯澈，舍得才知其清甜，放下才闻其香郁。放飞心中的尘埃，让其像腾空而起的气球一样，放手才知其自由，放下才感其奔放。

与其内疚于心，不如尽力补救；与其埋怨气愤，不如自省宽恕。就算过往已无可挽回，但至少今后可以做得更好。少一分在意，多一分宽恕；少一分计较，多一分谅解。适当的忘记是品质的提升，是心态的调和，更是生命的沉淀。善待别人也是善待自己，更是善待了所有爱你与在乎你的家人、朋友。

若是不在意，便不会失意。以一颗平和的心面对这人生这大千世界，相信淡然得自在，自会走出一番属于自己的精彩。

真诚　是人生最高的美德

　　真诚是人生最高的品德。人与人相交，唯有真诚才是沟通的桥梁，才是建立情感的基石。你若以真待之，我必以诚回之。真与诚之间，是心与心的互动、情与情的碰撞，是信任、是温暖。

　　真诚待人，即使秋叶飘落、鲜花凋零，也不会感到孤独；真诚待人，就算岁月流逝，物是人非，也总有一颗爱心依旧守候。真诚待人，让草木重生，让春天永驻；真诚待人，让时光倒转，让天地动容。

　　真诚是一种善良，是一种诚信。一个真诚的人，肯定有一颗透明的心，值得交往和信任。人与人之间的信任就像筑房子，建立的时候，那是一砖一瓦的搭建，但破坏的时候，也许只一言一行就可以轰然倒塌。人无忠信，不可立于世。人以实，虽疏也密。与人相处，坦诚相待。有一分善心，就有一分温暖；有一分善行，就有一分功德；有一分宽容，就有一分开心；有一分退让，就有一分受益。对人以诚信，人不欺我；对事以诚信，事无不成。

　　泰戈尔也曾说过："虚伪的真诚，比魔鬼更可怕。"一个真诚的人必然眼眸清澈、举止端然。而一个虚伪的人浮华浅薄，自以为掩饰得很好，其实大家谁都不是傻瓜。可以博得一时信任，却很难长远共事。

生活不是一场虚伪，我要的就是彼此真诚相待，好的、坏的，只要是真实坦然，都会值得接纳和理解。纵然是相处间的容忍退让，我也希望看到自己作出的让步是对的、是值得的。生活本身是无苦的，往往是人的欲望过多，累了自己，苦了别人，又何必将错误归咎于别人而总觉得自己没有错。

一个真诚的人必然也是一个心胸宽广而坦然的人。对就是对，错就是错，谁都不是圣贤，只要各有姿态就好。有谦才有礼，有退才有进。每个人都有一颗心，每颗心都是肉长的，谁是什么样的人，谁心里清楚。你对别人怎么样，别人就怎么样对你。待人处世，千变万变不离真诚；幸福人生，千种万种不外淡然。为人处世没有固定的模式，重要的是要以诚相待、以真心付之。

真诚犹如一潭幽静的湖水，宁静淡泊且高贵美丽。也许有时也会有泥块和沙石的袭击，但它凭着那份自滤，污秽也会沉淀，终究还是可以保持其平静淡泊，光彩照人。

其实真诚也是维持友谊的一座桥梁。一次真诚的邂逅胜过千百次虚假的应酬。抛开那些表面上客套的花言巧语，让真诚如一股清泉汩汩流淌，直至心底，相信那份清澈与甘甜，足可以拉近两颗心的距离。真诚亦是赢得爱情的一件法宝。缺乏真诚的人，爱神对其敬而远之，让他们在围城的门外不停地徘徊。而心怀真诚的人，他们离爱神却并不遥远，一旦缘分来临，爱神便会对其俯首称臣。

真诚地关怀，温馨芳香；真诚地赞扬，催人向上；真诚地交流，获取信任；真诚地合作，赢得成功。

真诚是心灵的翅膀，不管是顺风，还是逆风，它都能让我们的心灵插上翅膀，轻盈飞翔，触到蓝天的洁净和白云的舒展，感受雨水的涤荡与阳光的温暖。

　　生活中我们要以一颗真诚之心去看待别人，也相待彼此。尽量做到多给予别人赞美，少一些怨言，你会发现生活多姿多彩，处处充满热情与微笑。

笑看昨天　珍爱今天　期待明天

　　锦瑟年华，光阴似箭，转眼又是一个冬去，回首又是一个春来。多少年轮，春秋辗转；多少时光，夏走冬藏。我们在如水流淌的光阴里，把未来过成了现在，把现在过成了过去。所谓成长就是一段段艰辛且难忘的旅程，就像酿一壶老酒，需要光阴发酵、岁月雪藏、日子尘封，再把每一个细节放到生活里，做成最精致的醇香。

　　也许使人成熟的不是岁月，而是那些细碎的经历。多少个寒来暑往，不经意间，皱纹悄悄爬上了额头，白发偷偷藏入了鬓角。回望走过的路，几多欢乐，几多忧伤；几分感慨，几分充实。

　　独倚栏杆，聆听春来的脚步，轻轻柔柔、温暖舒缓。无论冬季如何严寒，此刻也早已是美丽待放的一季。犹如一本写满故事的书，一章阅完，便是翻过这一页，开始新的篇章。

　　春未央，轻灵盈暖、芳菲皆处，一场争奇斗艳的盛开更显得深长而浩荡。这一路的繁华，一路的变换，一路的跌宕，一路的浮沉。一年又一年，看高天远景，红尘滚滚。人世起落百转千回，而我却喜欢将一颗心放在一弯水月里沉沦，感知一份恒美而清凉的静谧。

166

临窗，微倚，看阳光洒满岁月的脸颊，不禁浅笑，抖落眉睫上的尘埃。一双明亮的眼睛，泛起一抹清透的烟波蓝，就像头顶那方湛蓝的天空在柔软的情怀中荡漾。走过昨天，我以微笑铭记，更爱今天，我用暖怀相拥。

谁不曾从青春里走过，留下了笑靥；谁不曾在花季里停留，温暖了想念；谁又不曾在雨季里消失，淋湿了背影。时光不可能逆转，我们却总在事后才明白。许多人总是觉得累，其实不过是心思太重，想得太多而已。放眼望去，哪个背影不匆忙，谁的人生不坎坷。

时光让岁月沉淀，也让内心丰盈。你看那些信步闲庭的人们，来来去去，却是满眼善意，不禁觉得淡淡岁月，淡淡的心。人生的味道，便是淡久生香。

坐拥无风无雨的澄净，期待着充满暖意与温情的明天。不在意时光的走，也不在意雨雪的停。因为岁月不能阻止，因为心跳与脉搏无法控制，所以我只需要学会聆听。聆听黑夜和黎明的交谈，聆听四季如梦似幻的歌声。

繁花似锦，光阴于指缝间绵软而悠然。仿若昨日刚走过那银碗盛雪般清素的季节，一转身，又听见花开的声音。闲踏清风，一个人轻依在鸟语花香的世间里，醉遇花开，让那零零散散的心事与花香共舞、与百花齐放。

花开花落正有时，瞬间之美无适期。珍惜花开时的绚丽夺目，也珍惜花落时的落英缤纷。花开自如、花落从容，欣赏美的瞬间是美的，拥有美的瞬间也是美的，而感受美的瞬间也是一种美。心有柔软，与季节含笑对视的目光里，也总是有万般柔情在缠绕。不论是昨天、今天还是明天，都会被五味杂陈的烟火浸染，被悲欢冷暖的世情冲洗，自然交替中，却依然有种地老天荒的安宁、细水长流的隽永。

我在光阴里含笑，光阴亦是热情欢闹。珍爱每一个今天，便再无所谓昨天或明天，每一天都将是生命中的艳阳天。

朋友如金，贵在真心

缘分是久久长长的相聚，朋友是生生世世的牵挂。

人这一生，步履匆匆，从懵懂孩童到人生暮年，这期间有过多少相识相知，又有过多少聚散分离。

总有一些人，走着走着就远了、淡了、散了，最后便彻底退出了朋友圈。曾经说过的不失不忘，多少年后，随流年日深，早已散落在天涯。

是时间替我们做了那个鉴别人，也是时间，让我们的人生在不断地筛选、精简。

终究，成长是一场蜕变，成年人的世界是一场无休止的奔波与忙碌。忙工作、忙生活、忙家庭、忙孩子，忙的少了很多联络感情的时间。

如果说友情也需要经得起考验，那首先就是时间与距离。

真正的朋友，不会情感绑架，占用太多本就很少的私人时间用来"联络感情"，需要刻意联络的，从来就没有真感情；真正的朋友，相处有道，不为利用，不占便宜，有所为有所不为；真正的朋友，知不易，懂珍惜，无须多言，就能体贴进心怀。

朋友如金，贵在真心。

真心朋友的目光中没有鄙弃，有的只是无限的鼓励和希冀；真心朋友的言行中没有虚伪，有的只是实实在在的赤诚和用心；真心朋友的内心深处，没有嫉妒和排斥，有的只是深深的祝福和关怀；真心朋友的情感中没有怀疑，有的只是铁打不动的信任与牵挂。

真心朋友的日常相交不在形式，而在于内心。没事儿各自忙，有事儿一句话。无论多久不曾联系都不远不淡，不怪怨不计较。只要得空聊起来，依然会有说不完的乐，道不尽的知心话。这便是成年人最好的友情模式，真心朋友不在空间与时间的距离，而在心与心的紧密。

深深的话我们浅浅地说，长长的路我们慢慢地走。真心的朋友可遇而不可求，一生不求多得，两三足矣。

朋友是净化生命的绿洲，是滋养精神的甘霖，是心灵歇脚的驿站，是收藏心事的寓所，是储蓄感情的行囊，是贴切的默契，是完美的深交。

自古结交在相知，相逢何必骨肉亲，真心胜千金。

珍惜生命中那些可贵的友情吧！让友情的温暖，似一缕阳光，温暖你的心房；让友情的赤诚，像一束月光，涤荡你的忧伤。摘一朵鲜花，让友情与幸福为你绽放；捧一盏美酒，让真心与祝福为你留香。

愿我们犹如天上的星光一样，彼此照耀、一路相伴，直到地老天荒、地久天长……

任凭世事沧桑，内心安然无恙

时光匆匆，像一阵风，记忆中的昨天仿佛还在眼前，只觉一个恍惚间，便已成了过去。经年所有走过的山水，都会成为过去，而每一个过去，终是造就了今天的自己。

生命不止、前行不止，那些丰盈了过往岁月的过去都会在人生的路上，被风干成心底的故事，而那些走在途中不小心散去的缘分，也终将成为生命的故人。或温暖，或凉薄，都感恩那一场遇见点缀了生命的长途，美丽了光影流年。岁月就是一场有去无回的旅行，阴晴圆缺皆是寻常，好的坏的都是风景。

人生如逆旅，你我皆过客。徜徉在岁月的河流，惊涛骇浪有时，风平浪静亦有时。乘坐在人生这条船上，人人都渴望得到一帆风顺的眷顾，然现实却更多迎风破浪、逆海行舟。

人这一生站在此处遥想未来，总觉得好远好远；站在此刻回首过去，又觉得白驹过隙、恍然如梦。其实每一个今天都在这般感怀中悄然流逝，每一个明天都在不知不觉中如期而至。

日子便在这日升月落的追逐间走过一日三餐、晨起夜眠，走出一年四季、岁月无痕。生命便在这日复一日间丰盈而懂得。

春来花枝俏，冬雪白皑皑，夏听蝉虫鸣，秋访菊花黄。庄子说："来世不可待，往世不可追也。"不可追，亦不必追。人生最好的状态，就是不念过去，不畏将来。有没有来生暂且不说，过好今生再说。今生的每一天都是独一无二，我们必须用心相待，才能换得这世界的和颜悦色。

每个人来到这世上，都有命定的因缘和合，所有遇见都是命中注定，所有得失皆是命里定数。人生起伏，切莫悲戚，只把所遇一切当作是修行路上的必修功课。上天不会一直眷顾同一个人，更不舍得一直苛待哪一个生命。且待风烟俱净、时过境迁，你会发现那些令内心感到艰难困苦的岁月未必是坏事。所有的过往都是岁月的恩赐。功名半纸，风雪千山。且听风吟，且读时光，且行且珍惜。

谁的成长不疼痛，谁的人生不坎坷。记得有句话这样说："成人不自在，自在不成人。"成年人的世界里就没有"容易"这两个字。每天晨起，从梦中叫醒我们的不是闹钟，而是各种责任和使命感。生活本不易，如人饮水，冷暖自知，想要被这个世界温柔相待，就需要强大的内心与不懈的努力。也许每个人的心中都藏着一条悲伤的河流，不言不语不动声色，不是因为不懂，而是无暇顾及。

人在经历以后才懂得，懂得以后才看淡，名利荣华不过云烟过眼，坎坎坷坷亦是人之常情。古人说："流光容易把人抛，红了樱桃，绿了芭蕉。"那些偷偷溜走的时光，催老了我们的容颜，却也丰盈了我们的人生。

经得起诱惑　受得起怂恿　守得住原则　把得住底线

一直觉得人之所以为人，就是因为我们比动物多了几分自控，少了几分随便；多了几分智慧，少了几分愚钝；多了几分原则，少了几分兽性；多了几分思想，少了几分无知。

活在这世上，似同微尘的我们，也是遍观千姿百态，尽看形形色色。什么样的人没有，什么样的事不见，区别就在于，你自己想要成为一个什么样的人。以什么样的人为标准，你就会成为什么水平的人；以什么样的思想支配行动，你就会有什么水平的言行举止。

每个人都有属于自己的性格、教养，不同素质的人，自会有一套属于自己的原则底线。别人怎么样并不重要，重要的是你自己该怎么样。也许很多事情做出来，都没有绝对的对错，那些把随便当乐趣的人，自然怎么做都是对的，甚至越随便越觉得是达到了自己想要的效果，但对于那些清醒自持、循规蹈矩的人来说，有些乐趣简直就是低级趣味。

在原则的事情上，不分大小，也没有那么多解释可言。倘若你今天能放纵自己一件小事，明天就能纵容自己一件大事，后天你就会觉得习以为常、不以为然。那些从来都不觉得自己鄙劣低俗的人，大都是因为习惯已成自然，麻木了神经。一直都这样，何错之有？

所以自控，从小事做起；慎独，从每一次开始。无论何时，经得起诱惑，受得起怂恿，守得住原则，把得住底线。

活在这个人与人关系复杂，你来我往的人际交织网中，没什么样的人能绝对杜绝结识，也没什么样的事情能绝对避免遇到。但无论何时何地，都不能忘记自己是谁，自己与别人的区别是什么。

总有人吃喝嫖赌耍，那份人生的逍遥快活，你羡慕吗？也有人坑蒙拐骗偷，那种不义之财的唾手可得，你眼红吗？还有人良心泯灭，没有责任，忘记根本，整日东游西逛不顾家，那种自由散漫你渴望吗？

倘若做人分不清孰轻孰重，那就注定活得辨不明是非黑白；倘若做人不能严于律己，那就注定活不出光明磊落。有时候学会拒绝，也是对自己的一种维护。花言巧语那么多，总不能三言两语就昏了头；心计手段难辨明，总不能落入圈套就就范。

别人撺掇不是忘本的理由，别人鼓动不是放纵的借口。别人诱惑，不一定要方寸大乱；别人误导，不一定要迷失方向。定力是一个人前进的风向标，不论男人女人，活这一世，没有定力，就等于没有原则。这个世界上，只有不想管住的自己，没有拒绝不了的邀请。所谓出淤泥而不染，濯清涟而不妖。混杂的社会、多样的人色，置身其中，总要拎得清。

人活一辈子，若说可怜，谁不可怜？若说不易，谁又容易？若说爱玩儿，谁不爱玩儿？若说付出，谁不付出？可终究，好好的路要正直地走，好好的日子要规矩地过。

很多时候矛头初露，事情的本身也许并不足够严重，但通过现象看本质，这世上的哪一件事情是一蹴而就的？好的、不好的，哪一件事情没有个看似不够分量的开头？哪一条路的踏上征途，不是从迈出有心又无心，怯懦又不确定的第一步开始？

信任是人与人之间很难建立起来的放置于心上吹弹可破的薄膜。你把它捅破了，注定要流出一摊鲜红的血。谎言在信任面前，就是一把利剑，一句就已足够。除了偶尔善意的谎言值得勉强谅解以外，其他任何一种、任何一句，都是错误。向来需要解释的事情，本身就是问题，人生倘若要靠解释过日子，那生活就是一种负累，生命就是一场辜负。对就是对、错就是错，强词夺理、牵强辩驳不过是心虚的苍白无力。

人总要为自己的言行负责，也总要为自己的欲望买单。大单大付，小单小付，凡事总逃不出个因果轮回。只顾着成全内心的小心思，既不讲究方式，也不注重态度，还妄想有人能喝彩连连、掌声不断。做游戏不按规则来，注定就是一场败局，往往还要忽略欢愉之后注定失去的重量。不要叫嚣、不要暴躁，所有失去都是纵欲的代价，不过是根据欲望的大小而对应了代价的大小而已。

最是信任成放纵，最是怂恿扛不住，最是面子不值钱，最是深爱责之切。向来认为什么样的人走什么样的路，看什么样的风景，过什么样的日子。不想妄自评论他人好坏长短，至少自己志坚德厚、品行端正，如此就是对得起自己心中的信念。

倘若想要携手一程，必然需要深刻共识；倘若想要同心同德，必然需要同持信念。

原则不分男女，底线不论尊卑，任你是谁，只要心性澄明，便都要得起。有人喜欢糊涂地活着，也有人眼里揉不了沙子。在我看来，一辈子不长，尚且不想太将就。拥有时，用心维护、小心呵护、珍惜于行，不惜付出与牺牲，只为对得起这份拥有，无愧坦荡。

人生不要在失去后才懂得珍惜，不要在没有退路时才开始后知后觉。人与人之间，破碎的信任捡不起，受伤的情感补不回。严格要求自己，让原则成为坚实的堡垒，成为维护人品的奠基石；让底线成为万里长城，成为品格攀升的步步高。你若敞亮，阳光自暖；你若高尚，尊严自固。

圈子不同　不必强融

曾经看到过一句话，大概是这样说的："别用暴露自己软肋的方式，去表达你对别人的信任和依赖。"

这个世上，总有实在人，也总有"聪明人"。或许你表达的是一份掏心挖肺的挚诚，而在对方眼里却未必是那么回事，甚至觉得你愚蠢缺心眼儿也未曾可知。很多人在无关利益之争的相处之下，都可以你好我好大家好，你也尽可以撕掉那层保护膜，倾心相待。一旦涉及个人利益，也许你昔日暴露的缺点软肋，就会成为对方拿捏和对付你的有力武器。

现实的社会，叵测的人心。也许这些本没有错，谁都要为自己考虑，为自己身后所肩负的那些责任义务而拼搏，但是如果为了自己伤及旁人，那就不再是人情可解可谅的了。推己及人，你若不易，谁又容易？

有时候宁愿蠢，也不愿意跟别人玩心机，因为那样实在太累。很多时候其实也不是真蠢，只不过内心当真不在乎那一点表面上的高低，只是为了维系关系，让你赢也是为了彼此开心，更轻松。我可以装傻，但不是真傻。在我以傻为退让包容的时候，你最好别真的把我当傻瓜。

当年龄增长、阅历积累，我们背上的行囊也是越来越重。那些徜徉在生命中来来往往的人，有一些适合与我们结伴同行，而有一些早点扔掉才不至于更多负累。

不攀附是为了不做廉价的自己。看得上你，不上赶也自有一席之地；看不上，就算你卑躬屈膝，也不过是作践了自己的尊严。不嫌弃是为了不做势力的奴隶。平山静水，亦有其优雅之处，自然朴实，可能更容易多一些人性本真。

只有我们自己足够优秀，才会吸引同样优秀的人靠近，否则别人圈子的繁华，看似耀眼，却未必适合自己。不要随意去付出，不要一厢情愿地去迎合别人，圈子不同，不必强融。

看清真实的自己，你的能力有多高，就去做多大容量的事、接触多高层次的人。尊严来自实力，选择适合自己的去拥有，委曲求全终究是徒然。这世上只有一少部分人可以称得上是朋友，剩余大部分人看起来投缘，不过逢场作戏，不要以为掏心掏肺，别人就会善待你的友谊。每个人都有伪善的一面，前一分钟谈笑风生，后一分钟便诋毁着刚刚笑聊的人。非志同道合，而不能懂其所谓何求；非惺惺相惜，而不能解其所谓何忧。

真正的志趣相投会因为懂得欣赏你的美好而接受你，而不是因为你的讨好和刻意放低才将你纳入交往名单。

不适合同处的人，在一起只会让你更寂寞，你也一样得不到别人的重视。思想观念不同，也没有必要强行混在一起曲意迎合，你做独特的自己，别人反而可能会欣赏你的不同。

圈子虽小，干净就好。进不去的世界，当真是没必要强挤。所谓人外有人，山外有山，每个人都有其独特的风骨。你若盛情，我便不拒；你若不喜，我亦不慕。只有站在适合自己的高度上，才能看懂属于自己的美景；只有和懂得的人在一起，才是一种心灵的绽放。

176

信念　是一种无坚不摧的力量

　　一直觉得有什么样的信念，就有什么样的人生；没有正确信念的人，将过着迷失的一生。

　　人生没有能不能，只有想不想。只要你想要，你就一定能。

　　尽管很多时候我们不能把握外界因素，但个人行动却可以产生前进的动力，这力量的源泉就来自坚定的信念。唯有信念，是永远不可战胜的。

　　不忘初心，方得始终。不要因为走得太远，就忘记了为什么而出发；不要因为途中乱花渐欲迷人眼，就迷失了前进的方向。坚定不移，不及不退，就是一种信念。《荀子·劝学》曾说过："骐骥一跃，不能十步；驽马十驾，功在不舍。"

　　只要心存信念，困难和挫折便都无法阻拦我们奋进的脚步，无法挫败我们那颗坚定不移的心。信念是锤炼我们钢铁意志的熔炉，也是造就我们前进不馁的意志，更是一种不屈不挠地坚持。

　　拥有信念就是拥有一份上足了发条的动力，不畏艰难险阻，一心只求抵达。我们不可能做什么事都做得十全十美，但只要我们怀着坚定的信念，竭尽全力地去做，便也算无愧于心、无憾于行。

金钱、荣誉、掌声，不过过眼云烟。唯有信念是一种精神食粮，它可以一辈子为我们指引方向，也可以引领我们走向黎明与曙光；也唯有信念可以永伴我们走到地老天荒。

人生从坚定的信念出发，生活从选定方向开始。命运把握在自己手中，路就在自己脚下，就看自己怎样选择，留下什么，放弃什么，选择决定方向，坚持决定成败。

没有人能保证自己的天空不会有阴天，但只要心有阳光，处处皆有曙光；没有人能预测未来能一帆风顺，但只要信念不变、初心不移，依旧可以乘风破浪、迎风远航。

信念是黑暗中的光亮，让我们在踌躇迷惘中找到自我，信念是心胸的一种豁达，因为锁定目标，而不计较那些无关紧要的细枝末节。都说梦想是价值的源泉，眼光决定未来的一切。而我觉得，坚定的信念比成功本身更重要，人生只有难免的挫折，没有绝对的失败，生命的质量就是来自决不妥协的信念。

美丽的花瓣无声无息地飘落在寂静深潭，梦中刹那，折射出漫长守望的苍凉，过往走过的岁月给予我们无法遗忘的明鉴，只要信念还在，希望就在远方。一叶扁舟，风雨飘摇在浩瀚的大海，踽踽独行，却在不变的航向中延伸着梦想的彼岸。那些泛滥在水面的层层浪花，既是颠簸，也是助力，只要坚信舟亦是渡船，它就能渡你上岸。

相信能让我们逐渐强大的，不是执着，而是放下；能让我们慢慢淡泊的，不是得到，而是失却；能让我们登高望远的，不是他人的肩膀，而是内心的学识；能让我们站立昂首的，不是卑微地苟活，而是不屈地抗争；能让我们重新开始的，不是等待往事的结束，而是勇敢地和过去告别；能让我们终生追逐不懈的，不是远方的目标，而是不死的信念。

漫漫人生路，且让我们怀有一种健康而活泼的心情，善待自己的生命，用热情去呵护梦想，用豁达去接受挫折，用信念告慰灵魂。即使这条行途跋山涉水、坎坷荆棘，也要持一份坚定，微笑面对，从容走过。

把忧伤留给昨天　微笑刻在脸上

青春是一指流沙，抓在手里的时候，不知道它有那么绚烂多彩，也不知道它会那么匆匆而逝。只觉得滑过指尖那细密而又清凉的岁月，渐自温润而柔软，想要紧紧握在手心，却又似水流走，不再回首。

很多时候握在手里的，自当漫不经心，那些难以留住的，却总是格外想要挽留。

青春总是懵懂的，正值年华盛开，兀自芬芳溢彩，不管花开几许、风雨几重，皆因着那份初生牛犊不怕虎的倔强，跌跌撞撞、勇往直前。无须刻意，也不必造作，一切都是那么地随心随意，真实而毫无顾忌。

也许正是因为那份青春独有的豪迈，让脚下的路虽偶有泥泞，却也走得洒脱干脆，无形中好似岁月也加快了脚步，稍纵即逝。

最是光影如白驹过隙、弹指一挥。未待细数几载春秋，那如沙流逝的岁月就在紧握的手掌间尽数溜走。

岁月如河，此岸是找不回的过往，堆积成簇；彼岸是看不到的未来，铺展成路。无论肩上背负了多少行囊，也总是要启程上路。若行囊沉重，自当脚步凝重，其实过往如烟，你带上，或放下，皆已成空。若能轻装上阵，自当有足够的空间，重新装载新的收获和成长。

说到底青春只是一段路程，那是生命启程的春天，匆匆花开一季，自有清香扑鼻。只是春去自当夏来，夏过自有秋收，秋逾还有冬寒，生命才将沉寂。

来不及认真地年轻，至少要认真地老去。那一路踏尘而来，就是为了沉淀生命的厚重，那一程风景遍观，亦是为了读懂冷暖温婉。

一段岁月一风景，一段风景一情怀。守住心底最美的风景，成为一种风度，宁静而致远；守住记忆里最美风景，成为一种境界，悠然而豁达；守住生命中最美风景，成为一种睿智，淡定而从容。

试想那秋日下的一壶清茶，品起来自当多了一份馥郁芳香。那茶，碧而不浮，香而不浓；那水，热而不烫，泽而不郁。就像那经历了岁月洗礼的生命，一张一弛皆有尺度，不再懵懂，亦不再青涩。

于是我们便学会了优雅，越是岁暮流年，越是淡然宽容。用加法去爱人，用减法去怨恨，用乘法去感恩，用除法去解忧。人这一生中难免会遇到不顺心的事、碰到不顺眼的人，学会原谅是一种胸怀，学会放下是一种释怀。它像一把伞，帮助你在雨季里行路，更像一盏灯，照亮你夜行的暗路。

常常觉得自己还没来得及在那场桀骜不驯的青春岁月里尽情驰骋，就已被时光强行推到了致青春的行列。过往迷茫，犹如雾里看花，似懂非懂中，收获了一把年纪。而今岁月如花，绽放成海，每一处皆是生命最盛情的绽放，摇曳生姿、步步生香。

于是生命便也多出了几分用心、几分认真、几分悠闲、几分恬淡。若爱，生活哪里都可爱；若恨，生活哪里都可恨。若感恩，生命处处可感恩；若成长，人生时时可成长。风雨人生，穿越自己，且让我们把忧伤留给昨天，把微笑刻在脸上。

走过彼时灿烂，唯愿此时平淡

经常会听到有人说，累了就别干了，一天到晚都在坚持，松懈一下又如何，但实际上我从不敢放低对自己的要求。

在最该奋斗的年纪，我不敢贪图闲逸；在最该积累的时候，我没资格坐吃山空。哪怕只是赋闲寻志，亦是一种拼搏与努力。因为我明白，"穷在街头无人问，富在深山有远亲，不信你看杯中酒，杯杯先敬有钱人，有酒有肉多兄弟，有难何曾见一人"，话俗理不俗。

风无定，云无常，人生就如浮萍一样，成败有时，聚散无常。尽管都说相遇是有缘，相识是用心，相知贵乎真心。

虽然钱不是万能的，但你总得有一样东西对得起你走过的岁月。要么有钱，要么有才，要么有内涵，要么有品格。大家都在风雨兼程地攀登人生的顶峰，你又怎好意思只做他人登高的垫脚石？所谓三百六十行，行行出状元。一个人真正优秀的特质来自内心那种想要变得更加优秀的强烈渴望，以及对生命的追求、火热的激情，而不是因为上了哈佛，或者因为长相好看。

人活着重在展现生命的价值与活着的意义，不论做什么，只要用心钻研，都可以成就属于自己的辉煌。就算没有到达巅峰，充实的岁月、丰盈的路途，依旧可以让你不负岁月、不负青春。

人生最重要的就是设立自己的目标，谁的青春不奋斗，谁的人生无低谷？

拼搏的路途，我们必须扔掉四样东西：没意义的饭局，不爱你的人，看不起你的亲戚，虚情假意的朋友；同时还应该拥有四样东西：扬在脸上的自信，长在心里的善良，融进血液的骨气，刻在生命里的坚强。

生活要靠自己努力创造，未来要凭自己不懈追求。对未来的真正慷慨就是把一切献给现在，而你现在的付出都将是一种沉淀，它们会默默铺路，让你逐渐成为你想成为的人。

胡适之先生曾说："要怎么收获，先要怎么栽。"当我们种下了坚定、独立、坚持、拼搏的种子，自然就能收获福报的果实。境随心转，当内心不再为外界的纷繁而纷扰诱惑，不再因路途的遥远而迷茫摇移，坚定的信念就会形成日渐强大的气场。认知变了，眼前的世界就会不同，当下的境遇也会因为散发的力量而斗转星移。

都说女人的漂亮在于眼神的清澈，那是心灵的上善若水；男人的俊朗在于心胸的宽广，那是灵魂的厚德载物。或许唯有那些美好的性情与品格，能给我们一张抵得过岁月迁徙的远程票。

生活就像是漂浮在苍茫大海的一叶扁舟，时而惊涛拍岸，时而风平浪静。人生不怕偶有变数，最怕的就是无法预知的因素。让自己不失去更多的最好办法之一，就是首先要学会珍视已有的一切，然后再去奋斗想要的那些。不论行至何途，都不要忘了人生唯奋斗方能自强，唯自强才能尊贵。

起落浮沉、阴晴相交皆是寻常。倘若彼时灿烂，唯愿此时平淡。静而悠远，淡而从容，得之有道，失之优雅。相信岁月成就，我们还可以做得更好。

不放你在心上的人　你也没必要放在心上

　　总有一种人是那么地情深义重，认定了一个人，就许对方一个无可取代的位置，倾囊相待。也总有那么一种人是那么地圆滑莫测，看似与你好得如胶似漆，实际上那是一贯常态。无所谓谁的无可取代，因为对谁都一视同仁，所以对谁都似重非重。

　　倘若这样的两种人，成了朋友，那么便注定了第一种人有一天会失落心伤。常常你视对方为唯一，对方却视你为其中之一；你把对方放在内心最珍贵的位置上小心安放，对方却把你放在替补的角落里随意替换。

　　这场一开始就失去了平等的情感，注定难以持有起码的尊重和珍惜。你觉得不论发生了什么事情，对方都是首要在乎的对象，而对方却只有在无人相伴的时候才能想得起你的存在，一旦有了新的朋友，便可以弃之不顾。一个不懂得珍惜你的人，不配你付出所有的真心和重视；一个忽冷忽热的人，更是不值得你为之伤心难过。

　　在这世上决定一个人言行的，不是外表长得是否高大威猛，而是内心是否足够有心计谋算。往往一个表面看上去好像应该很厉害的人，他却很容易缺心眼儿，而一个看上去柔弱内向的人，可能更多心计主意。

可世人大部分皆以外表识人，总是盲目地判断、盲目地定论。让那些实诚的人平白地承受一些误解，却让那些真正厉害的人成为博得同情的高手。

其实终究是那些实诚重情也专情的人，更容易长情靠谱一些。要么不轻易付出感情，要付出就是全部真诚相待，且不易轻改。既是以朋友相看，就会毫无保留。如此是好，但也不好。真心终究是要给懂得珍惜的人才有价值，否则无疑就是一场辜负。就算你心伤落泪，对方也会轻描淡写地认为，谁让你自己那么死心眼儿，我又不是你的私人财产，是你要认真，我又没让你那么认真……

不放你在心上的人，你真的也没必要放对方在心上。人这一生，知己不需要太多，两三足矣或者一个也够。每个人都有不同的个性与思想，每个人的精力也都有限，感情是需要经营的，相处是需要磨合的。倘若一个人和谁都好，那么便是虚情更多一些，入心能有几分。也许，对于这样的人来说，相交本就无须那么认真，你来我往，过得去就是最好。而对于那些重感情的人来说，彼真非此真，如此真是辜负了。

要怪只能怪自己太认真。在这个浮华万千的世界，哪需要那么多刻骨铭心地认真？你放弃整片森林，只为一棵树，而对方不过视你为万顷森林里的一棵草，如此不对等的情谊不要也罢。如此薄情善变之人，不识也好。

对于不在乎你的人，不要盲目地去改变，一味地去迁就。要记住无论何时，都不需要以讨好的姿态来换取一张阴晴不定的脸。若是喜欢，那就是喜欢一个人的个性特点；若是不喜欢，就是改变上十个模样也终是枉然，反而轻贱了自己。

每个人都有其缺点，也有其优点。很多时候要看你站在什么角度如何去看待。别觉得自己就好到不行，也别觉得别人就差到哪去。一个人最可怕的病态就是只知道评判别人，给别人定性，却一味地觉得自己就是固定常态、弱势力。很多时候羁绊自己进步的，往往就是那份自我感觉的良好。

相处不易，情深不寿。两个能够产生矛盾的人，必然也是用心交集的人。生活中的我们总是难免这样那样的情感纠葛。失望也好，委屈也罢，不过常情。

做一个最简单的人，好相处就处，不好相处就不处。言多亦废，不如一个懂得的人，就算无言也默契。不要伤心，也不必难过。人生本来就是这样，结识形形色色的人，经历冷暖交织的事。关键是你自己要学会识人用情，要懂得亲疏有度。要理性地控制自己的情感依赖，要知道不是所有的真心都能换来等量地重视。在乎在乎你的人，珍惜珍惜你的朋友，有缘则聚，无缘则散。经年所有的重情重义，请留给那个懂你且珍惜你的人。

第四辑　红尘情痴

这一生　只想好好爱你

爱一个人最好的方式就是经营好自己，给对方一个优质的爱人。而不是拼命对一个人好，以一种讨好的方式去交易。青春容貌不过一时，倘若一个人爱你，只是因为你看上去长得很漂亮，那么早晚有一天，他会觉得还有人比你更漂亮。何况以色事人，能得几时好。

想要被人爱，首先要学会爱自己。与其装饰浮华的外表，不如尝试内外兼修。就算年华迟暮，至少内涵日渐丰富。让真正的优雅从内而外散发，而不是空有其表。俗世的感情难免有现实的一面，你有价值，你的付出才有人重视；你有思想，你的外在才折射魅力。

仔细想来人这一生，也许能让你笑的人有很多，但能让你哭的人却只有那一个；也许想陪你的人数不胜数，但你想陪的却为此一人。都说聪明的男人从不和女人讲道理，尽管你有时候总是没那么聪明，但我却就是喜欢你那么笨。

你不是最好的，但我只要有你，就觉得比什么都好。

我一直觉得这个世界上根本没有什么最好和最坏之分，要看你站在什么角度、什么位置。就人而言，所谓最好的，就是那个自己喜欢也最适合自己的。最幸运的是，我的闯入也惊动了你的心。我说你笨，其实我比你还笨。与你在一起的日子，比起长大，我更想当个小朋友，不管发生什么事，你都可以把我拽到怀里、告诉我"别怕，有我在"。因为有你，天南海北都不会迷路，没有你，出了家门就找不到北。

也许两个最合适的人，就是一面互补，又一面相似。但不管是什么，终究都是让彼此觉得对方是最舒服的那个人。

大概也只有遇到自己特别喜欢的人，才能治好我原本的三分钟热度，以及我没有耐心和喜新厌旧的毛病，并且从此我因你而在无形中彻底改头换面，变成了一个不光喜欢一个人一开始就是一辈子的痴心女子，就连对待生活中其他物品都成了一根筋，从一而终、从不更换。

我从不羡慕街上热吻的情侣，也不羡慕人前卖弄恩爱的男女，我只羡慕深巷里牵手的老人，那些能在岁月中彼此心疼、互相扶持的夫妻。两个人能够在一起并不重要，重要的是一直走下去。

其实我想要的爱情很简单，我说话时你会听，我哭泣时你会抱，我任性时你会爱，我需要时你会在。我想要用最好的自己去对待最爱的你，而不是用最坏的自己去考验你是否爱我。我想要努力变得更好，不为别人的赞许，只为可以更好地爱你。比起所有的鲜花和掌声，我更想要你为我的骄傲和自豪。平凡的人生，我只想要平凡的生活。稳稳的幸福，久长的相伴，才是我最想要的人生。

有一种约定叫天荒地老，有一种缘分叫一见钟情，有一种思念叫望穿秋水，有一种爱情叫至死不渝，有一种幸福叫天长地久，有一种拥有叫别无所求，有一种距离叫天涯海角，有一种守候叫绵绵无期，有一种依恋叫不厌不倦，有一种感受叫有你真好。

没错，这一生我只想好好爱你。

爱　是尘世间最美的花

春暖时节，百花竞放，而我却觉得唯有真爱，才是这尘世间最美的花朵。

世人都愿用一种优雅的姿态，静静守候一场花开。徜徉在花海，感受花儿的馥郁芳香，体味花朵的温婉与柔情。任沧桑覆盖、岁月荣枯，我终是愿意倾尽一世韶华，守着你的流年岁月，以一朵花红的深情，看你护着我的现世安稳。只影迷离，寻过一方山水雅静，拂过帘外风姿的轻柔。于滚滚尘缘中，同你浅唱古老的歌谣，与你倾尽一生的承诺，共赴一场人间艳阳天。

不要问我爱你有多深，我真的说不出来，只知道你已成为我生活中的一种习惯，不可或缺的习惯，每天每天，可以不吃饭、不睡觉，却无法不想你。

是因为爱你，所以才愿意放弃那三千的繁华，独为你一人守候；是因为爱你，才能够承受生活那诸多的艰难与不易；是因为爱你，才努力想要成为最好的自己。

原本我是那草原困不住的骏马，而今我却只想做你怀里的小猫。于是我便开始变得那么没出息，总是在意关于你的所有。往后余生，风雪是你，平淡是你，清贫是你，荣华是你，心底温柔是你，目光所至也是你。

这一生，吾爱有三，日、月与君，日为朝，月为暮，君为朝朝与暮暮。总是贪心地想，想要每一天都能站在你的身边，看你低眉，看你微笑，你不说话，我也觉得欢喜。这才明白，原来爱才是这尘世间最美的花，一旦花开，眼角眉梢都是你，四面八方都是你，上天入地都是你。成也是你，败也是你，笑也是你，哭还是你。经年往事，所有在乎都与你有关，所有幸福都与你相连。

当你爱我，我就拼命地爱你，纵是为你恪守孤独，心中亦是繁华盛开。总是觉得孤独的夜夜要你陪我才不寂寞，伤心的时刻要你在身边我才能入睡，快乐的一切要你分享才值得，繁华的街要你陪我才不疲惫，独自的我要与你依偎才算完美，最美的年华只要有你牵手我就不会留有遗憾。

一份遇见，痴缠了我的青春韶华；一个拥抱，困住我一生为你痴缠；一句想念，让我在爱中迷路至今。至此，夜色中有多少思念，就会有多少期盼；时光里有多少感动，就会有多少爱恋。

开了又谢的是陌上凡花，而开在我心间的花，不以季节更替为轮回，不以春风秋雨为时节变幻，一旦盛开，便以深情为土壤，坚守为甘霖，盛开在每一个日升月落、冬春秋夏。

常常我独自一人坐在午后的时光，默数光阴的斑驳，期盼相聚的时刻。今夜有雨敲窗，水滴溅起水花朵朵，漫过我的心头，打湿我满是想念的眼眸。

许是时光如水，淡薄了那份激情，又许是分别太多，来不及多一次柔言软语。此刻轻铺素笺，我想执笔，在我的文字里与你谈一场深情的爱恋。不经意间，你是我的爱人，蹚过我的心河，拨弄我的心弦，缭绕我的情丝。不论你在不在身边，都让我觉得柔肠百转、千万痴缠，又教我如何不描绘你、不诉说你。

　　不求一世奢华，只求牵手一生。将念浸于文字里，传情于指尖，诉一份衷肠，暖一段爱恋。于懂得中守一夕温山温水的惦念，许今生的无悔昨天，续一段旷世情缘，我亦就是你今生最美的那朵莲，你给的爱就是那开在尘世间最美的花朵，不败岁月、不悔深情。

彼此依赖　才是最深的相爱

有种怀念叫曾经拥有，有种结局叫命中注定，有种心痛叫绵绵无期，有种缘分叫一见钟情。所谓缘分，不过是借口，爱也是，不爱也是。唯有彼此依赖，才是最深的相爱。慕尔如星，愿守心一人，唯愿和你从天光乍破走到暮雪白头。

只要是对的两个人，何时相遇、以怎样的方式遇见都不重要，重要的是只一双凝眸的相对，就能给得起彼此内心的安宁与相看一世不相厌的美景。

我希望有一天，我们可以十指相扣，背上爱的行囊，去看那没有看过的山，走那没有走过的水，去共享相伴的青春，去纪念每一个相伴过的美好日子……

我还想告诉你，我是一个十足的路痴，请你千万拉紧我的手，因为除了你，我再找不到任何前行的方向；我还想提醒你，请你一定要善待一个路痴，因为她一旦走进你的心里，就很难再走出去了。

鱼儿之所以上钩，那是因为鱼爱上了渔夫，它愿用生命来博渔夫一笑。两个人的世界里，总要有一个闹着，一个笑着；一个吵着，一个哄着。

有心在一起的人，再大的吵闹也会各自找台阶，速度中力求重归于好；离心的人，再小的一次别扭，也会乘机找借口逃之夭夭；有心相守的人，再大的矛盾也会找机会沟通清楚、解释明白。否则再小的误会，也足够成为爆发的导火索，也会成为压死骆驼的稻草，无可挽回。

一直觉得在一起的两个人，真正的失望不是怒骂，不是号啕大哭，也不是脾气暴躁，而是沉默不语、冷漠相待。比起争吵，沉默才是最彻底的绝望。

大千世界，人海茫茫，相识不易，且行且惜。不忘初衷，方得始终，不论牵了谁的手，都会是一样的磨合、一样的琐碎、一样的柴米油盐。幸福就是坚持了应该坚持的，放弃了应该放弃的，珍惜现在拥有的，不后悔已经选择的。就算再过一百年一千年，我们俩都变成了尘土变成了灰，我也希望我们依旧能融合在一起，你中有我，我中有你。

我没有备胎，也不玩暧昧，我所有的温暖和宽容、调皮和任性、眼泪和笑容、好坏脾气和孩子气统统都给了你。你所需要做的就是照单全收，然后小心安放。也许我对你来说，就像那一杯最辣的烈酒，但若酒淡如水，又何趣之有？而你对我来说，始终都是那杯最醇香的陈酿，值得我用尽一生去细品慢酌。或许你不会知道，这世上竟有这么一个人，万千繁华看不见，却独独只为你的微笑而感觉整个世界都一片灿烂。只要你理我一下，我就会开心很久。我不得不承认，这点儿出息都是拜你所赐，又如何？

经年所有的美好都在遇见的你的那一刻绽放、绵延。一转眼这么多年过去，我突然发现这世界上除了你，谁都没资格陪在我身边。我已经任由你成为我生活里的习惯，你说你打算对我如何负责？

注定你是我此后最深的依赖，爱上你就像吃了一块儿巧克力，苦苦的，却又充满了浓浓的甜蜜。在分别的每一个日子里，我习惯难受，习惯思念，习惯等你，习惯掰着手指头数日头，可是却一直没有习惯看不到你。

任凭光阴流淌，浸润我的青春，我只想你能陪着我成长，我能抱着你到老。

春有春的风情，夏有夏的潋滟，秋有秋的素洁，冬有冬的雅致，而我珍藏你的诺言，看你紧握我的誓言，在这个寒冷的冬季，请容我许你一场安暖相依、生死不弃。

余生　和心疼你的人相依偎

如水的流光深深浅浅地划过生命的天空，留下或浓或淡的痕迹。生活于我们总是少不了旅途的颠簸与风尘。世味的烟火常常呛得人两眼迷蒙，时有无助。无论你是一个看上去多么无坚不摧的人，实则你的内心都会有柔软和脆弱的一面。

所谓坚强，不过是用来伪装自己的外衣，越是坚强的外表，往往越是有一颗渴望被呵护的内心。其实每个人都有一个想要被心疼的愿望，或多或少，总是渴望着被理解、被关怀、被在乎。

坚强的太久会很累，付出的太多很辛苦。余生请和心疼你的人相依偎。因为只有那个心疼你的人，才能看懂你所有的付出，认同你所有的不易，知道你所有的坚持，了解你所有的苦衷。他不会对你诸多挑剔，也不会对你诸多嫌弃。他不允许别人对你造成任何伤害，也不允许有人对你说三道四。

一个真正心疼你的人，会包容你的不足，理解你的失误，宽恕你的错误，顾忌你的感受。因为他懂你，所以更爱你；因为更爱你，所以心疼你；也因为心疼你，所以才会格外在乎你。你的一切喜怒哀乐，都会深深牵动他的内心。爱到深处，无言也默契。即便没有过多的诉求，他也会呵护你的心情，满足你的需求。因着内心的那份心疼，仿佛眼光都变得明亮了不少。他看得见你所有的深情和一心一意的坚守。

和心疼你的人在一起，总是很温暖的，因为他知冷知热、贴心关怀；和心疼你的人在一起，总是很轻松的，你无须小心翼翼，也无须太多解释，所有的一切，他都了然清明，与你心心相印；和心疼你的人在一起，总是很幸福，他会给你最宠爱的呵护、最安暖的陪伴，无须山盟海誓，只那份感觉就足以让你心安。

相信只有心疼才是人最原始的感情，温柔可以伪装，浪漫可以制造，美丽可以修饰。誓言再美，也比不上一颗融入生命的心；承诺再多，也比不了一直心疼你的人。无论贫穷还是富贵，只要有一个人能设身处地地为你着想，愿意牵着你的手，无论前面的道路有多坎坷都能坚定不移地不离不弃，那就足够了。

在这个世上，说"我爱你"的人不一定是真的爱你，能对你说，就也能对别人说；愿意为你花钱的人也不一定是真的爱你，说不定那不过是他另有所图的小小投资。真正爱你的人，都是从心底对你怜惜、对你珍视、对你心疼的人。舍不得让你受一点点的委屈，心疼你所有的付出，见不得你伤心，看不得你疲惫，容不得你孤独，见不得你流泪，只要你一皱眉头，他便觉得是他的过错。那是因为你在他心里永远占据着最重要的位置，时刻牵动着他的心情与感受。

不管你的条件有多差，总会有个人在爱你；不管你的条件有多好，也总有个人不爱你。

一个人，如果没空，那是因为他不想有空；一个人，如果走不开，那是因为不想走开；一个人，对你借口太多，那是因为不想在乎。在爱情的世界里，永远不要自欺欺人。疼你的人，视你为公主，不疼你的人，你就是付出再多，他也会视而不见。

爱情就像乘法，其中一项为零，其结果永远为零。如果可以，去爱一个心疼你也值得你心疼的人吧，他会心疼你的善良，保护你的单纯，更会珍惜你的深情，感恩你的付出。因为懂你，所以温柔相待，有人心疼，才能拥有一个完美的余生。不求富贵，只求安暖，无关荣华，只为幸福。

半生情深似海　终究为你而蓝

这世上无论你遇到多少人，错过多少人，到最后总会有那么一个人是专程为你而来，从此一路深情、一路陪伴，温暖你的人生。

岁月因温良而静好，时光因唯美而温馨。生命因有你而丰盈，尘世因你我执手而深情。若你回眸，菩提花开，若你微笑，盛世锦绣。何须繁华，何须惊艳，你就是那抹最耀眼的光华。

人生有春也有秋，有暖自有寒，心灵的恬淡缘于灵魂深处的爱。爱是所有坚持的理由，纵有千般磨难，亦是甜蜜的负担。生活里总是有太多压力，要么它把你压倒，要么你把它举起。

爱是力量，也是希望，更是经年所有坚守的信念。爱，不必等待，因为生命的每一天都在悄无声息地流逝，轻盈而安静；爱，无须勉强，因为情深所至，便是千军万马也无可抵挡。

有爱的岁月，醒时只愿朝花笑，醉时只愿对花眠。岁月悠悠，似水的光阴在指尖静静滑过，为你欣然敞开心扉，静默流年芳菲。回首过往，那些走过的岁月皆因你的相伴，而明媚了记忆，温暖了年华，醉美了时光。

平凡的岁月，静守平凡的彼此。这一生让我们在烟火里相守，在流年里相伴。因为有你，内心丰盈；因为有你，情有所依。温暖了光阴，燃烧了岁月，浸染了灵魂，融入了生命。从此便可在平凡里绽放，在暖玉中生香。

任凭光阴荏苒，走过蒹葭苍苍，览过世事沧桑。或许对于世界来说，你是一个人，可是对于我来说，你就是整个世界。你在身边时，你是一切；你不在身边时，一切是你。

我愿用最甜蜜的笑容，温润你的余生；我要用最温柔的双手，共你人生漫漫。深深相思，浅浅向往，在有你相伴的每一个日子里，走过沧海桑田，踏遍万水千山，静默守候，地老天荒。倾一世情缘，择一人深爱，伴一生白首，愿与你经历风雨，几度春秋，久处不厌，天涯不远。此生愿这份情意，在心田生根发芽，在血脉流淌游走。

你注定是我今生倾心驻足的风景、一世不舍的眷恋。为了你，我愿画地为牢，从此不再羡慕自由的风，只愿做依人之鸟；为了你，我愿滴血成圈，圈住你的款款深情，留住你远行的身影。

听风伴月，静守岁月，从此我将一眸如水，望向你，予你倾世温柔。在那些绿肥红瘦的季节里，在那些清欢浓愁的日子里，倾尽我一世的痴迷，牵绊我一生的眷恋。

它不随着时间的流逝而改变，也不会被微小的尘埃所覆盖，即使繁华褪去后，圆润的光泽也依然闪烁，情感的沉淀更加厚重。

渴望在岁月的长河里，就这样与你牵手，不离不弃，享受点点滴滴的快乐，走过风风雨雨的人生，体味酸甜苦辣的生活，感受相知相惜的甜蜜。半生情深似海，终究为你而蓝，从此相伴不离，给你所有深爱，愿你轻声细语，愿你笑靥如花，不悔不弃。

最深的情，要留给最懂的人

花开的季节，总有一些心事荡漾在一池春水中，明媚在春花潋滟下。那些经年的往事，犹如开在枝头的花朵骤然绽放。

时光荏苒，犹如生命中匆匆的过客，总是擦肩而过，却又留下淡淡的痕迹，供养着内心那份无从说起的情愫。

一直以为曾经那份初见时的惊艳与心动，不过是因为豆蔻年华少女心，直到流年逝水、春秋往复，在想起的时候心中依然波澜起伏，才知生命中总有些遇见是此生解不开的情结。

这世间不是所有遇见都有结果，也不是所以离别都能遗忘；不是所有深情都能换得想要地回应，也不是所有的热情都能被铭记于心。

或许唯有情爱，是最折磨人的东西，求之不得，弃之不舍。近了，怕被看轻；远了，又怕失去。看不见的时候心心念念，真正见到之后却又诚惶诚恐。想说的话总有千言万语，却到说的时候又不知该从何说起。

原来爱上一个人是那般的卑微谨慎，总想表现得最好，却反而每次都表现失常。明明很惦记，却要假装无所谓。太关心怕被烦，不关心又怕对方觉得不够在乎。总之就是怎么做怎么错，越想做好就越是做不好。

不过是因了内心那份喜欢，就可以让一个人笨拙怯懦的像个孩子。殊不知这世上有很多喜欢，仅仅是自导自演的一场独角戏，感动了自己，却始终感动不了你想要感动的人。即便呼之即来，挥之即去，也曾单纯的为之感到满足。什么叫无条件爱一个人，就是无论怎么样，哪怕只是能看上一眼，就会觉得已足够幸福。再多的淡漠疏离，都可以原谅；再多的漠不关心，都可以不计较。

他是你的不知所措，你却是他的无关痛痒。总以为日子就这样过去，内心那份小情怀可以经得起任何冰剑冷雨。甚至幻想着总有一天，精诚所至，一颗纯真深刻的心会被拾捡在等待已久的陌上，然后揣入怀中、小心珍藏。

时间给予人最大的馈赠就是成长。越是深刻的感情，越是经不起冷漠，不是不愿等待，而是等待无期的每一天都倍感心痛与煎熬。与其让自己低到尘埃里去，不如释然舍弃，重新做自己。

不是所有想念，都要联系；不是所有的不舍，都要流露；不是所有的深情，都要执着于回应。有时候喜欢一个人，仅仅只是你自己的事情，与他人无关。

爱你的人从来不会舍得让你备受冷落，而不爱你的人也不会在意你的喜怒哀乐。也许放弃才能靠近，也许不见才会被想起。喜欢一个人太久，会形成习惯，而被喜欢的太久，也会成为习惯。当一切都习以为常，便也再无新鲜感可言。

然而流经的岁月成熟着人心，有些"施舍"不想要，有些给予要不起，最后索性也就放手了。正因为执着得太久，所以放手不易，可一旦放手便是再不回头。那种如释重负的感觉轻松而明媚，此后再也不必那么拘谨与在意，再也不会那么期待与想念。

202

原来释然的感觉那么好，放手其实就是解脱自己。有时候学会放手是对自己的一种善待。无所顾忌做自己，反而让自己整个人都变得鲜活了起来。要相信你值得拥有更好的，无论是对待一个人，还是一件事，不要在无谓的执着中贬低了自己，而要在舍得转身的洒脱中笑得灿烂、活得自信。

　　人这一生匆匆来往，过客无数，那些不懂得珍惜的人，从来就不值得我们驻足守望。人心换人心，你真我更真。否则就算再喜欢，也请矜持。请把最深的情留给最懂的人，把最真的爱留给用心珍惜的人，如此不负亦不欠。

人生何必如初见，但求相看两不厌

多少人钟情于"人生若只如初见"，然而时光如流、岁月变迁，生命哪有那么多的"只如初见"。初见固然美好，可美好的瞬间只不过是往后余生走过山高水远的一个开始。多少缘识，抵不过似水流年；多少情感，熬不过柴米油盐。

有些人，走着走着就散了；有些情，处着处着就淡了；有些誓言，说着说着就忘了；有些日子，过着过着就腻了。人生何必如初见，但求相看两不厌。

人生最美的，不是只有遇见，更是那倾心的相守。相遇不容易，不要感动了一时，就忘记了一世。比起漫长的一生，初识的那份感动，实在是短暂得不值一提。纵然可以深刻于心，漫漫长路，倘若依旧要孤独行走，又能温润几何？

平淡的流年，唯有相濡以沫、相伴不弃才是最美的感动。执守一份爱，写满平淡的日常，注释在生活的点点滴滴，经得起岁月打磨，也受得了同甘共苦。不必山盟海誓，也无须轰轰烈烈。

没有多少爱可以重来，也没有多少人愿意等待，生活无须太多的荣华富贵，不攀不比、只看自己。两个人也不必刻意追求浪漫，彼此给予、温暖贴心足矣。

　　用自己的方式过一生，爱自己所爱，信自己所信。这世上没有哪份爱只有甜蜜的幸福，没有落泪的悲伤。是因在乎，所以脆弱；是因深爱，所以会痛。正是那诸多的眼泪欢笑，才交织成两颗心地纠缠不舍；是那份会痛地不舍，才铸就了彼此坚定的信念。

　　真正的魅力不是你给对方留下了美好的第一印象，而是对方认识你多年后，仍然喜欢和你在一起；不是你瞬间的美好吸引了对方的目光，而是对方熟悉你以后，仍然欣赏你；不是初次见面后，有种相见恨晚的感觉，而是历尽沧桑后，还能够由衷地说一句，认识你真好。即便时隔几年，依然觉得唯你最好。

　　有人说喜欢是乍见之欢，相爱是久处不厌。可乍见之欢易得，久处不厌难寻。离开总是有千百种理由，可留下的理由却始终只有一个，那就是爱。能够天长日久，还相看不厌的，才是真正爱着我们，包容着我们，同时也值得我们用一生去珍惜和回报的人。

　　在爱的世界里，不怕做一个痴情种。山不在高，有你就行，水不在深，有你则灵，似是爱情，唯我不醒。相信只要是遇到了对的人，人生最美的就不再只是初见，更是那了解了彼此过后依然愿意不离不弃的细水长流。

　　爱情这杯酒，谁喝都得醉，但爱情的美酒，我只有这一杯，既然给了你，我又怎么忍心用空酒杯装上白开水再去欺骗别人。好的爱情无须繁华三千，而是自从相遇那时起，三千繁华皆是你。再无诱惑能动心，再无繁杂惹纠缠。

　　将誓言驻足，将幸福定格，将初识的美好写进故事的开端，往后大量的空白，我只愿与你来填写。

如果我是玫瑰，我将给你芬芳；如果我是太阳，我将给你温暖；如果我是钻石，我将给你永恒；如果我是你的爱，我将给你我的全部。

　　人生何必如初见，但求似水流年、柴米油盐，依然能够不忘情相牵，相看两不厌。

最好的幸福　是你给的在乎

轻倚时光的门扉，看季节悄然流转，看春花静默绽放。为你，我把岁月守候成一幅永不褪色的水墨丹青，撑一把油纸伞，独自徘徊在彼岸，等候一场惊艳时光的相逢。

烟雨迷蒙，溅起水花朵朵，开在我的心田，就像我想你的情愫，氤氲成雾，频频回顾，却依旧是只影孤独。

等待中的日子是煎熬的，纵是心有所依，情有所归，可目光所到之处，终究是一片空落。每一天晨起，都有我对你无尽的企盼；每一个日落，都写满我对你深深的眷恋。一个个昼夜的无声交替汇集成一条条向前的河流，载着我对生活所有的期盼，日复一日。

多想时间可静亦可动。静在每一个与你相拥的时刻，定格成画。如此我便可以多一些时间深深看你的脸、你的眼，切切熟悉你的味道与气息。动在每一个分别的日子里，快速前进。如此光影如水，便可少了那份清寒与凉薄。

静谧的深夜，一缕轻柔的月光透过窗户，悄然凝眸，皎洁明亮，就像你给的关怀，心动却又始终遥远。轻轻地揽一怀白月光，任凭想念滴在左手凝成寂寞，落在右手化为牵挂。

相聚总是匆忙，分别总是寻常。我以最美好的年华为你守望幸福的归途，请不要说我太过在乎，因为我一生的交付只为你给的幸福。也不要说我太多愁善感，我拿所有的赌注，只为赌这一场深情不负，你让我如何轻描淡写、视若无睹。终是感君一回顾，至此牵我情肠朝与暮。

不问情深缘何处，不管携手归何故，天涯海角，有你就有路，沧海桑田，山重亦水复，只要与君同，皆是心归途。你说，我是你丢不下的包袱，我说，你是我今生最深情的赶赴；你说，我对你的依赖，是一首最美的诗词歌赋；我说，你对我的呵护，是我一生最安暖的依附。

相聚的日子里紧握时光，我该如何说尽我想说的话，让你看到我所有的心意？如果你是雨，我愿随你而下，落到柔软的泥土里，滋润着大地万物生息；如果你是月亮，我愿静静地偎依在你的怀中，感受着你的气息；如果你是太阳，我愿躺在你温暖的怀抱里，享受那沁入心扉的幸福甜蜜，随时光和你一起慢慢老去……

我坚信若是有缘，时间空间都不是距离，若是无缘，总是相聚也无法合意。所谓成熟就是一场持久的修炼，如果你没能把跌宕起伏的生活过到平静，把相思成灾的日子守候成至美的风景，那便说明你还没有完全熟透。

无论岁月如何萧条，抑或热烈，唯有不离不弃才是真爱。一个人不管有多好，首先他是你的，才有意义。爱情到最后，不是比谁更出色，而是看谁能克服一切困苦，最终留在你身边。有一种爱情，叫白头偕老；有一种幸福，叫有你相伴。陪伴与懂得比爱更加重要，所以最好的那一个不是来自星星的你，而是来自身边的你。所谓一辈子就是死心塌地地陪着你。

生活是一只无形的储蓄罐，你投入的每一份努力都不会白费。幸福不仅仅是爱上一个自己爱也爱自己的人，更是你和他在漫长的岁月中沉淀下来的一份默契、一份温情、一份平淡、一份理解、一份宽容、一份坚定和一份相守。

用最少语言，诉说给你最真的我；用最纯的心，思念我最想念的你；用最多的爱，呵护我最爱的你。最好的幸福是你给的在乎，你在便是最好的承诺。

第五辑　风物长情

微雨清凉得自在

晨起拉开窗帘，一帘碧色入眼，惹的心间顿然莫名欢喜。看天色一片灰白，还以为起早了些，太阳还在酣睡。转身看一眼钟表，已是八点一刻，原来今天是阴天。

不知怎的，确定是阴天的那一刻，竟然满心欢喜。最是伏天的日头烈得很，人只刚一出屋，一股热气便扑面而来，似火的骄阳恨不能把人都烤化了去。为了不让本就不够白皙的皮肤晒得更黑，我是很少愿意在大晴天暴露在阳光下的。

阴天就不一样了，不必担心会晒黑不说，空气也会多了几分湿润与清凉，花草看起来也是一副神清气爽的姿态。最是喜欢在这样的天气下散步，不慌不忙、不热不燥，感觉整个节奏都放慢了下来，甚是舒缓。

这样的天气一般带来的是绵绵细雨，只有黑云密布、电闪雷鸣带来的才会是疾风骤雨。

尤其喜欢"微雨霭芳原，春鸠鸣何处"的感觉，雨薄如纱、纱轻似雾。雨点有时轻盈、有时沉重，柔柔的飘过发丝却浑然不知，细雨如织，沙沙作响，听得人心一阵欢快，又有一种别样地静美。

喜欢行走在这样的雨中，却从不打伞。心中自有一片天空，则从不下雨；心若阳光，连淋雨都会是一种欢畅。人活这一生，心态最重要。心若戚戚，暴晒在烈日之下也不觉晴暖；心若明媚，行走在缠绵雨中也不觉寒凉。

枕上诗书闲处好，门前风景雨来佳。久处喧嚣繁华处，厌倦世俗嘈杂声，能置身一片青草绿树间，观蜂蝶自在飞舞，闻花儿兀自芬芳，最是怡人。古人云："梅令人高，兰令人幽，菊令人野，莲令人淡，春海棠令人艳，牡丹令人豪，蕉与竹令人韵，秋海棠令人媚，松令人逸，桐令人清，柳令人感。"

这世间从不缺美景，缺的是那发现美的眼睛和欣赏美的心境。人活着总要有一爱好怡情养性，或焚香、试茶、洗砚、校书，或候月、听雨、浇花、理草。"花不可以无蝶，山不可以无泉，石不可以无苔，水不可以无藻，乔木不可以无藤萝，人不可以无癖。"越是快节奏的生活，越应该有几样或一样慢节奏的癖好，如此方能给灵魂觅得一片栖息之地，如花在野、如心离尘，静到极致便可心生欢喜。

"小雨纤纤风细细，万家杨柳青烟里。""细雨湿衣看不见，闲花落地听无声。"自古以来，多少文人墨客皆喜欢这细雨微凉的意境，如诗如画、如梦似幻。

"风轻暖，花微香，山高远，水东流，少年裘马多快意，不枉人生长风流。"着一袭长纱衣衫，携一怀诗意阑珊，闲庭信步，最是自在。走过一些岁月，性子便少了年少轻狂；经历了些事情，才更加懂得珍惜时光。

人生百般滋味，总要学会微笑面对。有时候与人分享，不如自己消化。倘若快乐分享错了人，便成了显摆；痛苦分享错了人，便成了笑话。如此劳心耗神、小心谨慎，莫不如就给自己一份独处的时光，不惊不扰，不忧不惧，不染风雨，不惹尘埃。让烦心恼事随花香散开，随清风淡去。

行走尘世间，总也少不了几多烟火味，无非就是柴米油盐酱醋茶。时而悲欢，时而静默，唯有内心明亮，方能看山是山，看水是水。

　　想来人生也就匆忙几十载，何必刻意，何苦为难。就让丰俭由人、多寡随意，心情最重要。就像这日头，晴有晴的景，雨也有雨的美，哪一样不是别有滋味。你只管感受与欣赏，其他的顺其自然。不强求、不失望，身心自在得欢喜，极好。

微风不燥　阳光晴好

随着春天婀娜的身影越来越轻盈地走近，季节的新衣也渐自分明了起来。

清晨的太阳也总是比冬日更早地升起，每当天边晨晓薄暮，空气中便满是清爽的味道，让人心旷神怡、心情舒畅。微微的一阵风吹来，像舒适的摇篮，清凉、安逸，人们一触碰到它，便觉得拥有了快乐，拥有了轻快的脚步。

春天是值得品味的季节。驻足一棵树前，看它的干练与沉静，在春风地吹拂下轻摇身姿、纳新吐绿。在春水的浇灌下，它是那样地自信而优雅、大方而端庄。它深知春天的深情与博爱，于是便调皮地吐出嫩芽、随风轻舞，以此来表达感恩之心。

凝视一棵小草，它是那样地纤弱，沉睡了一个季节的土地，略显得多了几分慵懒，小草听从季节的召唤，拼命地想要钻出脑袋来一探究竟。于是在清风的帮扶下、在春水的浸润下，小草左顶右挤，总算露出尖尖角。它深知春天的温柔与呵护，想要努力地用来日的绿叶与花红来回报春地爱抚。

　　静观一棵麦苗，它是那样的孤单，可一行行一块块麦田谱写的绿意，定然使人震撼而心醉。"尽日寻春不见春，芒鞋踏遍陇头云。归来笑拈梅花嗅，春在枝头已十分。"春天在经过了整个冬天的沉思，走过了冰雪消融，经历了乍暖还寒之后，逐渐地开始苏醒、开始蓬勃、开始绽放。

　　"沾衣欲湿杏花雨，吹面不寒杨柳风。"和煦的春风就像一位翩翩舞衣袖的仙子，轻抚着大地的脸庞。她掠过草丛，小草兴奋地摇摆着嫩绿的身躯，沙沙作响。大树拍打着树叶，仿佛是为了习习凉风的到来而欢呼雀跃地鼓掌。春风柔和地拂向花丛，繁花似锦，娇艳欲滴的花儿含情不尽，给人以妩媚，给人以娇艳。她们在风中尽情地摇摆着，争奇斗艳、香气袭人，令人陶醉不已。

　　最是喜欢这样娴静的时光，一个人信步走在林间小径，可以想很多，也可以什么都不想。放空自己，让心归零。抬手用指尖轻触一片嫩叶，感受生命的绿意盎然。春草如有情，山中尚含绿。这一帘春色，如诗如画。捧一颗素心，沐浴在阳光下，心儿也变得清透明亮。倘若此时你也正好路过这时光，你定然会驻足停留，不为佳人，也会是为这旖旎春光。

　　春阳映花蕊，春风曳花枝，莺燕翩然舞，蜜蜂驻花间。时光之外，陌上纤尘，是谁借着风儿的吹拂，遥寄了美好的祝福，又是谁将一朵花儿的心事，小心收藏。

　　远远地，我听到了一阵阵布谷鸟的叫声，那是她在吟诵、她在高歌。寒冷的冬天过去了，春姑娘迈着轻盈的脚步悄悄地走向人间，她手中提着一篮子种子，她要将春天的音乐种子撒向世界的每一个角落。

　　"迟日江山丽，春风花草香。泥融飞燕子，沙暖睡鸳鸯。"沐浴在春光下，收回远眺的目光，微闭双眼，静静神感受时光在此刻的轻柔曼妙。任思绪在清风中飞扬，任情怀在插上绮丽的翅膀尽情翱翔。

　　用心感受春天咫尺的美丽，用纯洁的虔诚守望岁月清宁。你会发现微风不燥阳光晴好，一切都是恰到好处的模样。

　　春天的美丽是含蓄的，只有在鸟儿轻点她的肌肤之时，才轻轻地舒展她美丽的睫毛，荡漾涟漪。春天的美丽是慷慨的，她把暖暖的笑容沿着幸福之光一路铺开，缈缈如仙境，透明的柔情与鸟儿一起翩翩起舞。借清风洒一地灵秀，随春光呈一片繁荣。

岁月催人老　风定落花香

当春风又一次轻拂过流年的门楣，心便也兀自随着春天的脚步，漫游在这生机盎然的日光下。随着眼前的豁然清亮，空气中都仿佛多了几分清新和舒畅。眉间和心上，宛若桃花盛开，巧笑倩兮，美目盼兮，盈盈间，不禁已是笑语嫣然，绰约多姿。

着一身轻衣，随手把春光潋滟掬于肩头，让生命的蓬勃向上点缀岁月催人老的沧桑。闻着泥土的芳香，心仿佛已是嫩绿弥漫，万物也在这春潮里萌动。一丝丝、一点点，在不知不觉中涂抹着季节的色彩，装点着绿意的青春。

"惜恐镜中春，不如花草新。"红尘陌上、浅笑凝眸，一场花开的邂逅、一帘烟雨的轮回。多少情在尘埃里相守，多少爱在岁月中定格。生命中总有一些人，近了、远了，诉说着岁月的情分；总有一些缘，聚了散了，经历着欣喜与离别。就像一阵风，来了，又走了，匆忙间来不及太多诉说，容不得诸多挽留。

只不过日子过得久了，心也就逐渐沉静了不少。面对风雨无常，亦是不再有那么多大起大落、大悲大喜。

现在的我也已经学会了静静地过自己的生活，不埋怨谁，不嘲笑谁，不依赖谁，也不羡慕谁。每个人都有各自的人生，就像每一朵花儿都有其不同的风韵。有限的光景容不得我们挥霍浪费，无论岁月如何相催，我们都要活出自己的精彩。

在阳光下灿烂、在风雨中奔跑，做自己的梦、走自己的路。用心甘情愿的态度过随遇而安的生活。过往已随风散去，美好留在心底，给心灵一米阳光，温暖安放，心若向阳，无畏悲伤。

有时候生活不需要太多提前的预想。脚步还未及，你就被所能预见的困难吓到不敢前进，或愁苦满面，有用吗？生活不会因为你个人的悲喜情绪，而改变它的行程。就算愁坏了自己，日子依旧得继续。倘若想的少一点，一切按部就班，也许你会发现，行至那些预想的困难之处，问题已然迎刃而解。船到桥头自然直，何必吓坏了自己。经年往事，多少过不去的过去，最后都能过去。时间推移，会让我们走过平坦，也翻越高山。

岁月从不厚此薄彼，万千众生总是一视同仁。你可以保留所有美好的心愿，但却始终留不住流光飞逝的脚步。看似无情的，却最是深情。它之所以不顾风雨兼程地一路赶赴，不是为了赶走那一场青春、那一季花事，而是它想让有限的生命能够途径所有的繁华盛景，感受所有的温婉冷暖。

相逢的时候笑脸相迎，离去的时候用心拥抱，用你的真诚拥抱生活，用你的大度包容得失。认真走好每一步路，用心处好每一段情。

或许人生唯有不留遗憾，或少些遗憾，才不枉人间这一回。携一世红尘爱恋，感叹中凝重了忧伤，孤寂中独自缠绵。这世间的缘，它惟妙，它莫测，暖了一季琉璃万千；这世间的情，它忧伤，它变幻，落了一地柳绿花红。

时光如琴，让轻松的乐曲在我们的指间划落；流年如歌，用四季缤纷演绎生命的五彩斑斓。岁月催人老，风定落花香；青春几何时，唯有心长盛。余生且让阳光照耀前进的道路，让花香撒满生活的旅途，愿以后的岁月更温柔，愿每一个明天都比今天更快乐。

在最美的季节　遇见你

　　一直相信世间所有的相遇都有因果，人生的每一场遇见都是久别重逢。不管是遇见一场花开，还是相逢一季雨来，抑或是邂逅一个有缘之人，皆是生命中的缘分。

　　因此当缘尽之时，我们总也无法云淡风轻地释然放手。其实能够遇见，就是最美的缘。曾经，心有灵犀，就该无悔；曾经，朝夕相伴，就已足够。忆起，花满城；存封，心依然。

　　有一种遇见，相逢在最美的季节，只一个回眸的瞬间，便是惊艳了最美的时光。清风拂过耳际，传递着柔言软语的情话；花香弥漫在空中，氤氲成最暖心的誓言。这一季不因美丽而遇见，却因遇见而美丽。

　　有一种遇见不求天长地久，只要曾经拥有。来得无可阻挡，走得毅然决然。仿佛只是一季花开，用一朵花开的时间相遇，却又以一朵花谢的时间别离。尽管匆忙却也留下了一程馨香而美好的回忆，足以典当往后的相思岁月，念起便是满心的丰盈旖旎。

有一种遇见仅是茫茫人海中，擦肩而过的那一个瞬间。尽管你不曾记得我，我也不曾识得你，但就是在目光流转的那一刻，便足以唤醒内心所有的美好。刹那芳华，亦是镂刻于心的心动嫣然。

如果说相遇是一种缘，那么流年里所有的邂逅，便是我生命中永不凋落的花开。一个回眸、一次驻足、一声祝福、一份牵念，已足够让一颗柔软的心如沐春风。徜徉在这样一个美丽而又深情的季节，看花，花有情，听雨，雨有意。流水年华，我们总是害怕时光会带走温馨的相遇。其实光阴带走的只是虚幻的拥有，沉淀下来的才是真情的守候。滚滚红尘，学会随缘聚散；世事沧桑，自己妥善安放。留下来的，一起春暖花开，倾心珍惜；错过了的，放手自由，静候下一季缘来再续。

海子说："我们最终都要远行，最终都要与稚嫩的自己告别。"

告别，是通向成长的苦行之路，山盟虽在，锦书难托。这一程历经人间风雨，也算不枉此生。看青山依旧，山河无恙，那远方不远处的炊烟袅袅，便是烟火，最抚凡人心。

其实最美的遇见，何须在意是什么时间、什么地点，又是何种方式。只要曾经温暖过你的心房，惊艳过你的时光，也曾让你铭心刻骨，又何必在乎最后如何落幕？有一种遇见擦肩而过，有一种情感情深缘浅，有一种结局曲终人散。一曲红尘，为你落英倾城；一梦随风，绚烂你的苍穹。倘若你许我一生繁华，我便用尽一世凋零；倘若你只给我一季流光，我便给你一世宽容。感谢你能来，不怪你离开。在红尘的轮回里，你来，或走，我都以懂你的姿态，欣然接受。

不会忘记，在最美的季节遇见你。一次相遇，一生记得；一场相伴，一世念安。那些被时光疏离的过往，我用无悔研成墨，为你写成世上最

222

美的情诗，轻吟，默念。此后光影，山长水阔，我便静守一份知意，默珍一份懂得，让平凡的日子沾染些许淡淡的风情，从此不问花开几许，只愿浅笑安然。看潮涨又潮落，月缺月又圆。

眼中有芳菲　花开永倾城

　　走一段路，看一程风景，岁月如水一样穿尘而过。听一曲琴音，如薄风入弦，疲惫的身躯以及浮躁的心情，随音乐放逐、梳洗，而后飘向窗外，落在时光的静处。不论岁月的墙角堆积了多少喜悦或忧伤的情绪，只要你能以一抹淡然的笑靥轻轻抚之，它便能兀自开出淡蓝色的花朵来馨香扑鼻。

　　时光下你以柔眸如水深情望之，它亦是伴着风中的旋律在你耳边轻声低语。生命中总是会有那么一瞬间的相遇让你倾心嫣然，美了流年，也醉了情怀。

　　当时光的影温婉成一季苍翠的绿，我在层层叠叠的朵瓣间，将柔情用最优美的舞姿尽现。不求艳冠群芳，只求能以一朵花开的姿态，许你一场倾心的相逢。此刻你自远方寄来一线牵念，和上我内心的曲调，在爱的原野上吟唱成指间最美的华年。将万紫千红的憧憬藏于眸间，在每一寸温暖的光阴下散发出芬芳的香气。

　　烟火人生里，总有人走进你的生命，也有人淡出你的视线。有一种距离，叫远在天涯，也有一种距离，叫近在咫尺。其实只要心与心是近的，就不怕时空如何阻隔。就像风中弥漫着花儿的香味，无须靠近，便已沁入心脾。

一直相信有缘的人，从不需要去追逐，只要我依着一米阳光，依着你给的温暖，我想我就可以将生命的每一寸光阴都细细珍藏，将路过的每一片风景都书写成温婉的诗篇。不论远近，生命中只要有你在，雨巷之雨定会旖旎，幽篁之风定会皈依。倾尽韶华、不惧迟暮，只要有你在，爱的酒酿就会越发醇香，心之樱花更是一路绽放。

在一个阳光明媚的日子里，将一枚吻的印记沁满花香，用一池春水滋养，然后藏入书页，封存在充满爱意的温情岁月里。循着旖旎的春光，眼里，便会有一丝温情晕开；心田，便会有万千花红绽放。用一场春雨的微凉渗透、浸润，任雨丝从容地漫过心海，渗透着绵绵的爱恋，穿过光阴的帷幔，去填满记忆的浑荒，去浇灌情长的誓言。阳光下赏花，寂寞里听风，花开了是满心的喜悦，花谢了也无须悲伤。

喜欢这样素静的时光，越过了风雨的缠绵，走过了岁月的沧桑。唯有流淌在心间的温情，犹如汩汩清泉微波荡漾，泛起朵朵水花，在阳光的照射下晶莹闪亮。仿佛一颗云水禅心，柔目慈眉，伫立花香溪谷，看尽激滟风姿。暖一世的沉寂冰凌，静听风生水起，只待春风邂逅，萌芽、花开、结果。不在乎拥有得失，无所谓来去聚散，只要曾经用心，就好。

生活总是需要有面朝大海的开阔、一抹淡然的洒脱。不计较岁月的冷暖，不抱怨阴晴的变幻。用一份从容给生活营造一份安暖，敞开心门收纳阳光的暖意，也拥抱风雨的豪情。剥去杂念、掠去浮尘，让心如水一样透明、如花儿一样美丽。

心中有芳菲，花开永倾城。静好的人生，就是一路风景、一路歌。斟一壶花酿，弹一首琵琶曲，让心在花间沉醉，让情于曲中氤氲，如此便是人生最美的时光。

用心 聆听一场春暖与花开的深情

春一来，花就俏，仿佛花儿倾尽韶华只为春艳，馨香满枝只为春悦。注定花儿是深爱着春天的，无论春来得多么深情，走得多么绝情，花儿都如痴如醉地守候，不变不移地眷恋。

或许春与花儿，本就是一对情定三生的恋人。三生又三生，生生世世痴缠不断。终究，花儿是深情的。不论春是选择来，沐浴花香，还是春选择离去，凋零花色，花儿都一如既往、不怨不悔。

因为花儿懂得春的无奈，亦懂春的不易。这世上最温柔地守护，莫过于一份无言也懂的默契，如此春去春来、花开花谢，便总是相随相伴、不离不弃。

这是一种深情，也是一种情怀。就像相爱的两个人，总有一个用情更深、包容更多。不论怎样，我都还是那么喜欢你，就像雨水洒落天涯，不远万里；就像鱼儿沉于海底温柔的呼吸，痴极嗔极。

不论日子变得如何陈旧琐碎，我也依旧还是很喜欢你。像日落前洒下的余晖，不忍离去；像旧城的老折子戏，温言软语。

喜欢且得以拥有，这是多大的幸运。这份上天赐予的厚爱，值得用一生去珍惜、去珍视。

然在这万千尘世，又有多少喜欢与相守无缘？就像住旅店的旧人，永无归期；就像一个人唱着的独角戏，触手可及却又遥遥无期。

这世上最凄绝的距离是两个人本互不相识，却有一天相识相爱；本已是最近密之人，却又在某一天分开。于是两个人的距离又开始变得很远，甚至比以前更远。人生最难如初见，多少遇见，温婉那一季，却苍凉那一生。

从此以后我遇见青山，遇见白雾，独尝这世间的清苦与孤独，却再不能与你相逢同路。在开往春天的列车上，如果你要提前下车，请别叫醒装睡的我，这样我可以跳过春花烂漫，直接抵达秋风送爽，假装不记得你来过，更不知道你已经离开。

最是痴缠惹伤怀，最是深情空余恨。你看那春花款款，千娇百媚，尽管也曾伤怀，也曾怨恨，但你却看不到分毫痕迹。那是因为春花痴情，在难得春来的时候，来不及那诸多怨言浪费时光，亦顾不得自己那点小心情，只想博得春光潋滟。

对于春花来讲，春来一季是那抓不住的风，又是满怀期待的梦。来来去去最是折磨，反反复复最是伤身。你以为热情主动会有感动，你以为你患得患失会有心痛，其实都没有。你要记得，那些不在乎你的人，不值得你去在乎；那些不把你当回事儿的人，不必要放在心上。

在漫长的未来里，不喜欢的人不要去抱，看不到结果就果断放手，说了遗忘就别再多看一眼，没有意义的表白就此止于口。至于那些没讲完的故事就这样算了吧，不是所有人都能陪你到最后。有些路只能一个人走，那些约好要同行的人，一起相伴雨季、走过年华，但有一天终究会在某个渡口散失。红尘陌上，独自行走，绿萝拂过衣襟，青云打湿诺言。走过一季春暖，相顾已是无言。

这世上每一个不敢再爱的人，都一定很深地爱过。看起来好像百毒不侵，其实早已百毒侵身。

　　月无言，人依旧，岁月在尘世转了几数轮回，春花在这四季更迭中开了又谢。花开无言，是她笃定地痴缠；春去无语，是他知道春若来、花自在。等值得等待的人，爱值得相守的人，这是春暖与花开的深情，亦是不语也相知的安暖与相伴。

花开于心，便是四季如春

春光明媚，乍暖还寒，新绿吐嫩，万物复苏，一切都充满希望、充满生机。仿佛一切都是新的开始，一切都可以绽放成最美的姿态。

人人都喜欢花，就像人人都喜欢阳光一样。没有人不喜欢美好的东西，所以不约而同，无须理由。奈何四季总有更迭，昼夜总要交替。倘若花开是幸福的模样，那花落是不是难免悲伤；倘若晴天才能阳光，那雨天又该如何明媚。

人这一生阴晴圆缺，悲喜有时也是寻常。青山不改，绿水长流，倘若花开于心，便可四季如春，只要心有阳光，又何惧人生荒凉。

给时光一份浅浅地回眸，让内心绽放成一片花海，芬芳过往，也馨香现在；给心灵一份淡淡的安暖，让阳光常驻心田，明媚温暖。让自己有花的姿态与优雅，经得起风，也受得住雨，不慌不忙间，亦是馥郁芳香，从容自若。不必在意那些聚散离别，人生若没有离别之苦，又何来欢聚之喜，倘若不懂失去的遗憾，又怎能懂得珍惜拥有。

不要挽留那些转身的背影，人生有很多东西，不是你的，就是再喜欢，它也不会属于你。也许放弃，才能靠近，不再相见，或许才会有所怀念。否则只会放低了自己，也放纵了轻视。

与其费力去追赶一只越飞越远的蝴蝶，不如自己种下花籽，待到春暖花开草长莺飞之时，便可花开成海，自有蝴蝶不请自来。

岁月很长，不必慌张，无欲则刚，静待花开。不强求也是一种洒脱。且给时间一份耐心，相信一切自有安排。不要太心急，不用太焦虑，所有事物的发展都自有它的顺序。很多时候只要我们等一等就有结果了，想一想也就明白了。

失落难过的时候，告诉自己你值得拥有更好的。用挽留的时间强大自己，用遗憾的时间充实自己，用阳光的明媚温暖自己，用花开的姿态活好自己，无须谁的认可与欣赏，皆能葳蕤繁盛、独具风骨。

生命就是一场轮回，失去亦是得到，分别亦是相聚，悲中藏喜、福祸相倚，学会变通，万物皆同。

人生所有的刻骨铭心都会变成日后的云淡风轻，所有的光辉灿烂都会变成今日的铅华尽洗，那些所有你认为放不下的到最后都会放下，就连曾经你觉得永远不会改变的，也终将有一日不再执着。

当有一天，我们终在岁月的长河中看懂了这些，便会明白花开花落是常情，何必被常情之相迷了心智，悲喜交加。

且把岁月当成一场修行吧，七情六欲爱恨情愁，不过是修行途中的道道关卡，人人都要过，人人皆得修。只不过水有深浅树有高低，各有所悟罢了。

走过岁月的藩篱，接受风雨的洗礼，请将生命中的每一次成长都播种于心，以内心的柔软为土、良善为肥，施以淡定从容之露，绽以旖旎优雅之花。花开不喜，只管绚烂地绽放；花落不悲，忘记凋残的忧伤。只要花开于心，便可四季如春；只要心有芬芳，便可风雨无恙。

剪一缕暖阳，温婉流年

　　时常感恩时光里的一份遇见，像枝头永不凋零的春天，绽放那一树繁花，明媚那一季光影。陌上相逢，不问花期几许，不诺沧海桑田。只想剪一缕暖阳，携一怀缱绻，与你一路同行。拈一纸清欢，在文字中相伴，纵然是隔着千山万水，也可以共看繁华织锦、桃李芬芳。无论季节如何荒芜，容颜如何迟暮，有你便是晴天，有情便是安暖。

　　在心素如笺的日子里，我与文字相依相守，让静默落在指尖，晕染成一朵盛开的花朵，以半笺素语写尽一程相遇的温暖，让一份缘在恋恋红尘中寂然欢喜、兀自清欢。

　　时光之美，便在于这一程一程的遇见，一段一段的相逢。那些隔着万水千山的呼唤，那些跨越山高水阔的牵念，是岁月留给我们的静好，是生命赐予我们的温暖。

　　是谁说过，一种懂得，无论天涯，亦能相知；一种温暖，无论海角，亦能相牵。心与心彼此靠近，无须浪漫的誓言，彼此有情，无论此岸彼岸，你心永似我心；魂与魂彼此相依，无须缠绵的心跳，彼此有爱，无论天涯咫尺，温暖永相依。

　　一直觉得人与人之间的距离，在心不在身。同一片蓝天下，心若相依，不语也相怜；情若相知，无声胜有声。花开倾城，花落依然。流年里，唯有缘分是生命中最美的风景，是年华中不舍的眷恋。

　　日子，就是在忙忙碌碌中平淡；生活，便是在粗茶淡饭中生香；人生，即是在坎坷挫折中历练；心情，则是在百味杂陈中安暖。与其跌跌撞撞、漫无目的，不如找个温暖的角落，一杯茶、一本书、一抹阳光，生命便在一抹恬淡中悠悠地舒展开来。

　　天有阴晴，人有悲欢，剪一缕暖阳储存于心，待到雾霭蔽日之时，依然可以用一怀暖阳的姿态来温婉流年岁月。行走于烟雨红尘中，总会有许多忧伤无处躲藏，许多相遇无处告别，不必埋怨、无须苛求，该来的总会不期而遇，离开的也无须挽留，放下心底那些所谓的执念，你便会收获笑看云卷云舒、淡观花开花落的从容淡然。

　　尝试着没心没肺，如此才能活着不累，曾经拥有就已经足够，缘尽了又何必执着天长地久。人生有舍才有得，有些事情不是意愿所能掌控，起落浮沉间自有定数。生命里注定有些遗憾停留在心上，有些故事永远没有结局，只要记得曾经路过一树花香，温暖过心灵的创伤，就是尘世最美的流连。

　　终究，生活是美好的，你看天空那么晴朗，阳光那么灿烂，花儿兀自绽放，一枯一荣间亦是静默欢喜、不悲不怨。偶有风雨相摧，亦是欣然自若。生命本该如此。

　　回眸那些走过的岁月，犹如已经散落的碎片，早已飘散在风里，成为模糊不清的云烟。年华总是渐行渐远，经年也写满了聚聚散散，唯有阳光与雨露依旧，温暖与美好同在。

　　剪一缕阳光，植于心间，你若不伤，时光不寒。唯愿彼岸的你，笑靥绽放、安然无恙。

掬一捧阳光，与夏相逢

携一抹素洁的情怀，徜徉在时光深处，颔首低眉间，将一季绚烂的花开根植于心田，滋养、浸润、深情、对望。总是那般恋旧，总是依依不舍，总想能够守住那些已经习惯了的旧时光，多一些再多一些流连，奈何却总也抵挡不住岁月风尘的脚步。

多少次一个人独守清风明月的时候，总觉得时间是漫长的，岁月是难挨的。总是在这样的痴守中，看日落了一次又一次，数星辰相伴了一夜又一夜，直到季节更替之时，才恍然发现，原来时光从未放慢过前行的脚步。

仿佛昨日才春来，今时便已春去。好像还不曾来得及一次随性而起地踏春郊游，春天就已然姗姗离去。

一窗缠绵的细雨轻声作响，仿佛是在与春作出婉约地告别。细垂的柳丝轻轻摇摆，更似感谢春风的暖怀，给它换上一袭碧绿的新装。此刻正在挥手作别，相约来年再相逢。

春就这样轻拂着衣袖，转身离去了，她来得从容、走得洒脱，仿佛早已习惯了这些聚散离别，只留下一片艳阳等待夏地深情相拥。

伴着春的优雅谢幕，夏已然悄悄而至。迎来送往犹如人生旅途，总是告别一段风景，而走进另一段风景。有些离别还可以再度相逢，而有多少转身，便是后会无期。

能再见终究是好的，正如白落梅所说，但愿人间的每一场相逢，都是久别重逢。只需相视一笑，便已读懂千言万语。

揽一怀烟霞，醉了夕阳西下；掬一捧阳光，欣然与夏相逢。无论几多感怀、几多情愁，终究也还是要顺流而下。一帘烟雨迷蒙，过后必然得见彩虹。那是又一程新开始的曙光，亦是对春去夏来地接纳。

接纳是最好的开始。人生很多时候，都需要有欣然接纳的胸怀。这世上没有那么多的理想化完美，总会有缺憾，也总会有圆满，就看你如何去接纳它的发生与存在。想来世间任何事物都有其存在的合理性。如果不能改变，还不如选择接受，就像接受春来春又去，夏来秋不远。

不要再觉得时光是难挨的，岁月是寂寥的，其实岁月从不负你我，它一路奔忙，不过是为了带给我们更多生命的色彩，给予我们更多岁月的厚赐。丘陵起伏、河水潺潺，我们从来留不住时光，唯有认真地走过，用心地感受。春有百花秋有月，夏有凉风冬有雪，若无闲事挂心头，便是人间好时节。

生命不在于走进哪一个季节，而在于内心足够丰盈而明媚，纵然夏日滚烫，只要心中澄静，亦可一片清凉。走过人生四季，重在学会欣赏沿途变幻的美妙之处，而非只寻美中不足。

怀揣一抹感性的情怀，在心田播撒快乐的种子，沐浴暖夏的阳光雨露，让种子在心田生根发芽，开成一片花海。剪一米阳光，储存于心间，让内心与这盛夏一起繁华、共同绽放。

煮一壶岁月的清茶，兀自芬芳

　　端坐在时光的门楣处，静观每一朵花开的姿态，聆听每一场细雨的缠绵。风声犹过，千般轻柔，万般深情，生怕自己一个不小心，便惊扰了岁月静好的模样。

　　岁月如一指流沙，缓缓地在指尖流淌，静默地漫过四季如歌。常常，在明媚的时光深处，打理一颗恬淡清宁的心，静坐在流年里，捻一抹心香，执一盏清茗，携一抹阳光，笑看红尘过往。

　　人生就像四季，有春的希望，有夏的浪漫，有秋的成熟，有冬的安享。途径季节更替，相伴岁月承欢，这一路走来，有奋力的打拼，有跌倒的伤痛，有不断的学习，也有沉淀和积累。累了的时候也允许自己放慢前行的脚步，用心聆听每一个季节的赞歌，换种心态，就连欣赏沿途的风景都会发现不一样的人生境界。

　　这一生的追逐，不过是尘世烟、虚中华，待到岁暮向晚，一切又能带走多少；这一生的真假，不过是水中月、雾里花，看不清，已是落地成沙；这一世的年华，不过是杯中酒盏里茶，抿一口，便已是浪迹天涯。

曾经在那少不更事的年纪里，觉得一朝一夕都盛满悲欢离合，而今在岁月的沉淀下，觉得纵然悲欢离合，也是人间最寻常不过的烟火。只要拥有过、真心过、在意过、珍惜过，便是刹那芳华，永驻于心。

　　人间的许多感情，珍惜就是感动。融入了感动，心中就布满了绚丽的彩虹，如酒让人心醉，如茶让人芬芳。

　　其实每个人都是幸福的，只是你的幸福常常在别人眼里，而别人的幸福又常常倒映在我们眼中。幸福无界限，每个人都有属于自己的精彩，生活就是要学会走走停停，看看山岚、赏赏虹霓、吹吹清风，让心灵在放松中得到欢愉，在沉静中感到满足。

　　看透了尘世百态，淡然了来去得失，心便像这窗外明媚的阳光一样，温润明朗了起来。有时候想想，人这一生何必给自己那么多难题。活着的每一天，不必太美，只要有人深爱；不必太富，只要过得温暖。做一个内心平静、心存善念的人，让微笑挂在嘴边，把快乐放在心上。生活岂能百般如意，正因有了遗漏和缺憾，我们才会有所追寻。

　　不管天气怎样，给自己的世界一片晴朗；不管季节变换，让自己的内心鸟语花香。若能一切随它去，便是世间自在人。

　　人生本来就没有相欠。别人对你付出，是因为别人喜欢；你对别人付出，是因为自己甘愿。至于结果如何，又何必在意。生命享受的是过程，而结局不过是一种归宿。就像品一盏新茶，感受的是茶的舒展、水的相融、茶味的扑鼻，只要品茶是愉悦的，又何必在意茶会淡、水会凉。

　　人生有风有雨也有晴，只要心有阳光，不必面朝大海，亦是四季如春。做一个沐浴在阳光下的人，在经年的时光深处，煮一壶岁月的清茶，兀自芬芳。哪怕只一个人的浮世清欢、一个人的细水长流，也不忘微笑、不忘安暖。

告别暮春，迎接盛夏

晨起听窗外鸟儿争鸣、百花飘香，我便是再也按捺不住内心的那份欣喜，赶忙收起了在睡梦中游弋的思绪，临窗而立。

看起来这是一个将要下雨的日子。往日明媚的阳光已然躲在了层云之后，潮湿的空气满载花儿的芬芳，四处飘散。"连雨不知春去，一晴方觉夏深。"仔细算来春已近暮，夏已将至。

春天仿佛是拉开一年当中繁华盛景的一帘帷幕，她徐徐柔柔，踏着细碎的脚步，轻舞衣袖便是洒下春光无限。苏醒了大地，唤醒了花草。这一程，她携绿装点，让整个世界都变得一片苍翠、一片生机盎然。仿佛这是春的使命，亦是春的职责。

时光总是无言，荣枯有致便是岁月的清欢。无须言语，亦是深情。那些美好的时光总是在我们的眼皮底下，一半珍藏，一半流失。就像一场久别重逢，相对，还未曾来得及紧紧相拥，就已经到了该说再见的时候了。但愿每一场别离，都是为了更好的重逢；每一次结束，亦是迎来全新的开始。

清风过处，且看春天携着温柔和含蓄已开始渐行渐远，随之而来的便是热情奔放的夏天。她揣着一袭五彩缤纷蓄势待发，此时微缓，是在给自己积蓄力量，亦是给春留下最后作别地转身。

优雅而来，自当优雅而去。人生聚散，又何尝不是如此。就算心有不舍，也要故作镇定；即便万般无奈，也不能阻挡时过境迁。走过春，便会遇到夏；错过风，自会遇见雨。人生的每一程都自有安排，又岂是你我可违逆的。

夏天是骄阳似火的季节，是生命勃发的季节，是情感燃烧的季节。百草怒长、花儿疯开，仿佛积蓄已久的热情，只待这一刻喷发。蜻蜓振羽、彩蝶欢飞，米兰玫瑰飞射浓香，奇葩异卉争妍斗丽，纵然骄阳似火，亦是拼不过那番热烈。放眼望去，到处浓绿，一片斑斓，远处青山隐隐，近处绿水悠悠。

谁说离别就不会遇见更好的风景，谁说这世上就没有可以取代的唯一？打开心门，接纳百川，你会发现每一窗风景都有其不同的韵味与特别。山有山的雄浑，树有树的伟岸；花有花的柔情，水有水的绝澈。这尘世间百般风物，皆有长情，只是缺少了我们的解读而已。

夏天的窗口，青藤脉络清晰，缠缠绕绕地布满诸多思绪，不掩饰，亦不多言，只是兀自地任你看去。各色繁花，有莲的清纯、海棠的妩媚，皆会带给你不同的感受。小草偎依树下，舒展的手臂上落着调皮的露珠儿，晶莹剔透地潜藏着往日的心事，是思念的倒映，亦是企盼的守候。泉水叮叮咚咚，奏响夏的弦声，昆虫们踏着丝竹笛音，把多情的舞步摇动。这一切，如此生动、知性，又赋予灵性，你若能懂，便知它们也懂悲欢离合，也知聚散无常。只不过它们不惧不抗，亦不忧愁。因为风早已将这世间烟尘相告，雨早已倾泻几许凉薄于身，阳也曾给予温暖呵护，露亦曾相拥浸润滋养。

这世间冷暖无常，才最是寻常。没有秋枯，何来春荣；没有春别，夏又何至？欣然来去，淡看聚散，携一抹茶香，浸润变化的四季，让每一季都散发出淡雅的芬芳，恬淡心性。换一袭轻装，在一朵花香的陶醉下，以最甜美的微笑，告别暮春，迎接盛夏。期待下一次的重逢，更加明艳动人。

时光温热　心有柔软

一天一天，随时光流转；一季一季，伴光阴缱绻。时间让我们不再年轻，沉淀的却是一份厚重、一份淡然，它丰富了我们的人生，也编织了生命的光环。经过岁月地涤荡，去之糟粕，留其精华，谁还能说生活只留下了沧桑。

光阴如水，生命无常，年龄越大，越懂得珍惜眼前的光景。看着周围一些熟悉的人渐渐老去，我便越来越深刻地意识到何为韶华易逝，于是我更加懂得珍惜当下，用心过好每一天。

接下来的每一个日子，我都想要更加努力，为亲人、为朋友，更为自己，努力活出自己想要的模样；剩下的每一天时间，我都想要更加珍惜，惜亲情、惜友情，更惜爱情，风雨同舟、相守相依。

不要慌，莫心急，只要心有意识，就会有时光。人生总有些时刻，需要慢下来、静下来，听花开的声音，观叶绽的曼妙。告诉自己，活着真好。

冲出内心看世界，有一种淡定叫波澜不惊，有一种从容叫去留随意。

不要想到什么就说什么，也不要想干什么就做什么，唐突和轻率那是年少无知的轻狂，它不属于岁月沉淀后的产物。

曲折坎坷，悲欢离合，喜怒哀乐，酸甜苦辣，总是不停地在生命的舞台上演，最终填满那颗曾经柔弱的内心。人这一生总要经历无数次相遇时的喜极而泣和千万次聚散匆匆地擦肩而过，起落浮沉不过只为收获一份生命的厚重。年华似水、云烟散尽，伴随着年轮地老去，逐渐暮年，有些人和事情早已模糊不清，深刻的唯有那些岁月划过脸颊，留下的道道风霜。

虽然我们不能左右生命的长度，但我们可以增加生命的宽度；不能控制天气，但却能改变心情；不能预知明天，但却能掌握今天；不能改变别人，但能展现自己的笑容。

生命中最大的矛盾，就是执着太多。活在当下，才是最佳状态。既没有过去拖在后面，也没有未来忧心时，生命才是一种理想的状态。

走今天的路，过当下的生活。不慕繁华，不妒优胜，对人朴实，做事踏实。不要太吝啬，不要太固守，懂得取舍，学会付出。不负重心灵，不伪装精神，让脚步轻盈，让快乐常在。不贪功急进，不张扬自我，成功时低调，失败后洒脱。

平凡的生命，我们亦是平凡的人。可以不美丽、不倾城、不温柔、不淑女，但却有梦想、有追求，还有暖心的正能量。就算不被每一个人都理解、都温柔以待，也依旧能心中充满温暖与关怀。人的需求其实很简单：有一个温暖的家、一个贴心的伴侣、一些快乐的时刻、一些可能愚蠢的信念，最好还有一份虔诚的信仰，足矣。

每天给自己希望，试着不为明天而烦恼，不为昨天而叹息，只为今天更美好；试着用希望迎接朝霞，用笑声送走余晖，用快乐涂满每个夜晚。那么我们的每一天将会生活得更充实，也更潇洒。

保持一颗平常心，不争名利、不计得失，人生因付出而快乐，幸福因分享而增值。学会给予，才能收获幸福；懂得付出，才能更多回报。

轻许一份懂得　安度流年

生命中越来越多的人，渴望一份懂得。人与人之间，唯有懂得，是最贴心的安暖，也唯有懂得，才能走进彼此的内心深处。懂得是通往心里的桥梁，引起共鸣，走进内心。你若懂我，无须太多言语，便能看懂我所有。因为懂得，所以包容；因为懂得，所以心同。

懂得，让心与心没有距离，让生命彼此疼惜牵挂；懂得，不需要太多解释，不需要那么多小心翼翼。一份懂得，是生命中最美好的相通、最深刻的感动。

人总有脆弱的时候，不需要太多语言。累了，有一个拥抱可以依靠；痛了，有一句关怀可以舒缓。即使两两相望，也是一份无言的喜欢；即使默默思念，也是一份踏实的心安。

人，总要有一个地方遮风避雨；心，总要有一个港湾休憩靠岸。最长久的情，是平淡中的不离不弃；最贴心的暖，是风雨中的相依相伴。幸福，就是有一个读懂你的人；温暖，就是有一个愿意陪伴你的人。

一生之中，有一个懂你的人便是最大的幸福。懂你，是了解你成功背后的艰辛，是清楚你坚强背后的不屈，是明白你所有不易的付出，是心疼你所有的坚持。懂你的人，从不会嫌弃你的性格弊端，因为他知道你一路走来经历了些什么；懂你的人，从来不会妄自评判你的缺点不足，因为他理解你言行背后所有的苦衷。懂你的人，也许不在身边，但一定在心里在生命里。爱你的人未必懂你，但懂你的人一定会心疼你。一句懂你，便温暖了一段岁月；一句心疼你，便感动了一个生命。

一个懂你泪水的朋友，胜过一群只懂你笑容的朋友；一个能接受你不足的朋友，胜过一伙你看得见你优点的朋友。人这一辈子，能得遇几个真正懂得自己的人？所以这个世界很嘈杂，但却很寂寞。

你不懂我，我不怪你。但是余生，我想做一个懂你的人。正是因为我深深地体会到了不被人懂的滋味，所以我想做那个懂你的人，带给你一世最贴心的安暖相伴。我相信，懂得是一种难言的柔情，入心入肺、入骨入髓。即使不言不语，即使山高水远，彼此的心依然贴近，惺惺相惜没有距离。

懂得是发自内心的声音，无声胜有声。有些人无须相识，却能通过一段话、一篇文字，明白彼此的心情，并且从此牵动内心。虽然隔着一张屏、一本书、一页纸，却因为懂得，跨越了那山高水远的距离，至此便成了那个可以走进自己内心深处的人。

有些情无须轰轰烈烈，却能深深铭记在心底一辈子。虽然时光荏苒、青春不在，因为懂得，所以无论相隔多久、相距多远，对方依然是那个不管是开心或是悲伤都可以在心底温情拥抱的人。

真正地懂得，不是相邀，也不是牵引，更不是逼迫，而是实实在在自然而然地明白，这样的明白，无关风月、无关功利，甚至无关风雨也无关晴天。

真正地懂得，不必言语、不必刻意，有时只需浅浅一个微笑、一个微不足道的细节。

真正地懂得，不必解释、不必逃避，有时只需一段轻简的文字、一声淡淡的问候。

真正地懂得，是一种心情一种欣赏，更是一种心灵的默契。

其实，我们并没有想象中的那么无坚不摧，平时的淡漠，无非是对自己的一种保护。只有遇到疼你的人才能潸然落泪，碰见懂你的人才会敞开心扉。每个人都渴望有一个懂得自己的人，感受一份心与心相通的幸福。所有的苦乐有人懂，一切的努力有人知。一杯热茶，暖的是身；一句懂得，暖的是心。最真的拥有，是我在；最美的感情，是我懂。这一生且让我许你一份懂得，伴你安暖流年。

携一抹春暖　意重情深

　　辗转一流年，时光穿梭，悄然从指缝间溜走，岁月如水，轻轻地蒸发，光景却是一样的安之若素。站在岁月的渡口，我将四季的光阴，裁剪成五光十色，编织成最美的花环，待你经过我的身边，送与你最馨香的美好。

　　红尘的冷暖，已渐看透，任性的脚步，亦不再游走。择一隅清幽，修篱、种菊，安度一世春秋。一个人的时候，善待自己，两个人的时候，善待对方。最好的幸福就是选择自己所爱的，爱自己所选择的。喜欢就该去珍惜，珍惜就不要轻易放弃。

　　岁月阑珊，心有柔情。做最温暖的自己，不耽误别人，不错过自己，理解别人，也看清自己，或喜，或忧，人情冷暖，世态炎凉。不敷衍，不讨好，不懒惰，不抱怨。以一颗平和素心，过一份素净淡雅的生活；持一颗若水柔心，感恩每一株草木的深情。

　　闲暇时刻，一杯茶、一窗景、一本书、一个人，就这样安静地端坐于时光的角落，指尖划过扉页，轻捻那些动人的故事，触碰最柔软的情肠。静默着，念在心里，感在眉间。

这一生我只想做这样一个女子，安静如湖水，淡雅若清茶，愿寻一无人山谷，搭一木制小屋，铺一青石小路，与心爱之人晨钟暮鼓，共秋水天长。

春风化雨柔，春雨润无声，携一抹春暖，意重情深，掬一处风景，留住情长。若能留住，自然是好的，若是留不住，倒也不必勉强。有时候放手未必不是一种成全，成全才是最好的温柔。这一生倘若不能伴你老，只好陪你笑。与其抹眼泪，不如抹掉那个让你流泪的人。天涯海角，只要你好，就是最好。

从来都是一个心柔若水之人，只希望那些天涯过客，哪怕只是一个擦肩的距离，也可以感受到遇见的温暖。生命中就算有太多的人不能一路相伴春秋，也希望能感念初识那一瞬间的美好。

时光安然而执着，脚步踏实而轻松，不论是遇见，还是别离，终究也是相携岁月而过，相伴风雨而行。不惧凄风苦雨，无悲沉浮得失。只想以一颗最柔软的心，与这岁月温柔以待；只想以这最深的情，陪伴所有意重之谊。你对我好，我必然会对你更好。

每个人在到了一定的年纪的时候，上有老，下有小。心在最累的时候，也是情最深的时候，责任最重，事物最多，不敢懈怠，不敢放松，更不敢偷懒。总有人会说我做不到，我好累。可是这个世界谁不累，谁不辛苦？单纯的年代过去了，岁月催洗了我们的容颜，带走了纯真，告别了稚嫩。当褪去所有保护壳的时候，我们注定要展开翅膀，飞向属于我们的天空，编织自己的梦，承担自己的风雨。

穿过岁月的洪流，深感疲惫的不止一人，我们没有理由在别人面前任性，让别人对自己诸多迁就。就像春来草绿，想要破土而出，那份拼搏、那份努力，甚至那份疼痛，又有谁能替代？永远不要怪别人不帮你，也永远不要怪他人不够关心你。我们都是孤独的行者，如人饮水，冷暖自知，真正能帮你的，永远只有你自己。

心若定，何需追逐；心若安，何须浮躁；心若净，何须飘摇。独倚时光的一隅，乘着岁月的轻舟，在顺境中盈盈而驶，静享人生美好；在顺境中浪遏飞舟，收获别样的风景。

盛露煮茶，静饮听花落

时光如玉剪，将唯美与诗情画意，全部镶嵌在这个微凉的季节里。清风徐徐，纤尘不染，细雨绵绵，如泣如诉。时光深处，所有纯澈的美好，如约而至，穿透夜的袅袅，氤氲了万千心事。

秋荷一滴露，清夜坠玄天。将来玉盘上，不定始知圆。喜欢一种声音，是微风吹落露珠；欣赏一幅画卷，是朗月点缀星空。

盛露煮茶，静饮听花落。凋谢是真实的，盛开也只是一种经过。生命无非一场轮回，忘不掉的是回忆，继续前行的是生活，而那些途经的错过，不过就是一场遇见。

疏枝摇暗香，桂梢挂弦影。借一曲梵音，将心放逐，人生在世，谁还能没有个烦恼之事。就在此刻让心归零，一切尽且由它去。人的生命似洪水在奔流，倘若不遇着些岛屿暗礁，便难以激起美丽的浪花。就像这盏茶，你把它放在那儿，它也就只是风干在光阴中的茶叶，只有遇到滚烫的开水，翻腾浸泡，才能沁出茶香的芬芳，体现原有的价值。

焚香煮茗，读经习禅，偶尔也给自己的心灵来一次净化，这般闲情雅致不可多得，仿佛亦是对这清凉秋日最深情的报答。或许每个人心中都有一册心经，都许过一段灵山旧盟。而禅便是你疲倦时，泡的一壶闲茶；是你浮躁时，听的一支古曲；更是你迷茫时，闻的一缕花香。

想必此刻，心中最是惬意、清宁。那留香于唇齿之间的芬芳，犹如汩汩清泉，浸润心田，也涤尽了世俗的尘埃。细品慢尝，时光静好又恰似一城花开，不媚不妖，一叶一瓣，片片恬静。回味之余，那悠长的茶香唤起了应景而生的记忆，蓦然发现那青春里所有的过往，总能穿过岁月的藩篱，剪辑了晦暗，留下了温馨。即使是疼，即使是碎，如今忆起之时，也仍然感觉美到心醉。

我们都曾为曾经的青春哭泣，后来想起，却都笑了。最残忍不过时间，本以为刻骨铭心，却就在念念不忘间，渐渐淡去。那些大悲大喜的际遇，最后想来也不过只是彼此经过、各自向前。

时间面前，一切终将释怀。世间最美好的感受，就是发现自己的心在笑，并且竟是那般淡然而柔暖。

遥望夜空，时光阒寂，尘世纷争恍若烟云，风清月素，万般寂静处，曲无声，字无痕，尘埃轻轻落。盈一袖白月光，听风声缱绻，借时光里的暖香，化作笔尖的诗行，一字一句皆有深情，如雾时花开，情韵悠然。

最是喜欢这样娴静的时光，喜欢安定，也不怕漂泊，喜欢结伴，也不怕独行。狂欢是一群人的孤独，孤独是一个人的狂欢。宁静，不在山林，在人间。心若无求，宁静自来。看淡了风月，多少浮尘都是云烟。一切邂逅，悲欢喜舍皆由心定。

人生如梦，聚散分离、缘来缘去岂随心。烟火流年，如蝶翩跹，一切得失皆随缘。

在世如莲，净心素雅，不污不垢，淡看浮华。不畏将来，不念过往，就是对时光最美的回应，愿这悠长岁月温柔安好，愿你微笑向暖安之若素。春赏繁樱，夏观夜星，秋见霜菊，冬遇初雪。拂落人间扬尘，尽享良辰美景，心无杂念，了然清明。

于岁月深处　静默流年

捻一缕书香，挥一笔水墨，描一张素颜，叹一声流年。闲来无事，望着窗外一片春光，我便从岁月深处打捞着过去的那些记忆，零零星星、斑驳光影。

生命中总有那么一些人，从你的世界经过，留下一段风景，却又匆匆告别在岁暮深处。仿佛一直住在心里，却告别在生活里。或许也不是住在心里，而是暂居我们的记忆中。忘不掉的是回忆，继续行进的是生活，来来往往身边出现了很多人，总有一个位置，一直没有变。看看温暖的阳光，偶尔还是会欣然想起。

想念一个人，也许不需要太多言语，但却需要很多勇气。已然走过的岁月，必然满是酸甜苦辣。忆起便犹如隔着时空的距离再次置身其中，从开始到结束，从相遇到别离，重温旧时光，有幸福也有伤感。好在窗外阳光晴好，瞬间就晒干了不知不觉潮湿的眼眸。

有些人，等之不来，便只能离开；有些东西，求之不得，便只能放弃；有些过去，关于幸福或伤痛，只能埋于心底；有些冀望，关于现在或将来，只能选择遗忘。

有些事，你把它藏在心里也许更好，时间是最好的沉淀，它会让你看清很多东西。待到事后回头再看，也就变成了故事。人生就是一场循环演出，总有人来，也有人走，落幕的是戏剧，难忘的是时光，于是我常常想起一些人，没有想念那么黏，没有想望那么热，只是依稀地想起，淡淡地念起。

有时候我也会很感性地回忆，感激在这个世界上，有这样的一个人，不在身边，不曾再见，却希望能够过得很好。生命中的缘起缘灭、缘浓缘淡，从来就不是我们所能够控制的。爱情很短，却要用一生来忘记。友情很长，却未必能一生陪伴。此去经年，满天星星都是我注视着你的眼睛，纵有千言万语，也都化作那一念牵挂，埋藏在岁月深处，静默流年。

原来，曾经亲密无间的两个人，会连路人都不如；原来，如此关心爱护的两个人，也会彻底地失去联系。每个人都是独立的个体，学会坚强，学会勇敢，学会拿得起，就能放得下。感情会浓，也会变淡。即使有千般不愿、万般不舍，也阻止不了它的离去。删掉一切，却无法删掉那最深的记忆。

很多时候失去一个人，不是因为忘了，而是因为忙碌的生活，彼此都有各自的事情要忙，也许是无暇顾及，又也许是有所不便。总而言之，生命中有很多人，都随着年龄的增长，而逐渐淡出了彼此的世界。也有一些人，离开你的世界，就不必再有联系，如果对方主动联系你，说明心里还有你，如果没有，也就没有联系的必要了。情淡了，心变了，即便你把心给掏出来也不过是打扰。不论是怎样的一份情感，都不要动不动就倾其所有，与其卑微到尘土里，不如留一些骄傲与疼爱给自己。生命中有些相见，不如怀念，好久不见，不如再不相见。

告诉自己，过去的，别再遗憾；未来的，无须忧虑；现在的，加倍珍惜。轻语岁月，笑看流年。

　　生命是一块画板，总是需要些浓墨重彩，才显得更多精彩。途径流年岁月，若是没有些许记忆留住时光过往，未尝不是一种遗憾。

　　一个人静静地听一首歌、品一杯茶，在空灵幽雅的旋律中舒展所有的心事，抛开人情冷暖，以一曲歌韵释怀所有的悲欢情愁。和一首古曲，轻舞衣衫，抖落满身微尘雾雨，盈一眸春水的柔情，温婉每一天的时光岁月。让心如止水，任流年荡过指尖，波澜不惊、静默相对，不提及往事，亦不言论悲欢。

阳春三月　安暖相伴

又到了阳春三月的好时节，天气回暖、万物复苏，到处都是一片蠢蠢欲动，渐次呈现出生机勃勃的春意盎然。

伴随着微风的轻叩，打开窗迎面吹来了春天的味道。于是我在匆忙间告别了二月的喧闹，转身便投进了三月的怀抱。

烟花三月，是乍暖还寒，也是春意悠然。沉睡了一个冬季的柳绿，正在欣欣然张开了双眼；积压了一个冬季的花红，正在春的召唤下蓄势待发。三月如歌，万物齐吟。南风暖窗，樱树花开。熙熙攘攘，皆为春来。

缠绵的细雨，浸润滋养；柔柔的微风，轻抚着脸庞。在这个充满柔情的季节，掬一抔清香，沁馨、淡然，藏一抹心事，欲语、还休。倘若心中的故事，已在这深情的季节里生根发芽，那么就请与春花烂漫共赴一场美好时光。随花开而开，随花落而落，无须在乎那些许纷纷扰扰，静默绽放就好。

趁着阳光晴好，我将美好的心愿，倾注于笔墨，蒸发于空中。但愿它能拥有一双无形的翅膀，抵达祝福的彼岸，与我们共一场岁月静好。触摸阳光温暖，我便张开胸怀，将明媚拥揽。即便他日春去秋来，只要心中有阳，依旧春暖花开。采一篮花香，与光阴流转处封存，即便人生偶逢苦寒，也不忘优雅中让岁月留香。寄一份牵挂，与清风过处，就算天涯海角，也愿许你心与心的安暖相伴。

如水的日子，有痕，亦无痕。文字里的山水，亦是心中的风景，心中的冷暖，亦是岁月的留影。置身在这样温馨而美好的阳春三月，那些隐没在心中的温润，也开始绽放光芒，并与光阴共存。那些生命中的遇见，依然是清水涤心般的美好，一念便已花开。

风亲吻一缕暖香，醉入粉嫩的念，思念如花美丽，温婉一季美好。一花一世界，一叶一天堂，叶不因花的凋零而冷落，花却因叶的珍惜而流连，几多轮回中，叶依然是花的依托，花依然是叶的守护，叶倾花优雅，花倾叶风情。

生命本该如此，你有深情，我有眷恋；你有惦念，我有回顾。有起有落，浓淡相宜。红尘有爱，任思绪飘逸，心语微澜，静听花开的声音。喜欢坐在这样的时光里，不慌不忙、不惊不扰，执笔写下明澈舒心的文字。感受阳光温热地包围，似一层薄纱，轻柔地披散在我的肩头。在春的诗情画意中，写下浓情厚谊的诗句；在花儿的陌上繁华中，剪辑那些流光溢彩的芬芳。

光阴积累回忆，时间循环生机。岁月荏苒，覆盖了过往，那些开开又落落的花瓣重重叠叠，风化了多少年华如梦，写意了多少人生悲喜。生命中总有些人，安然而来，静静守候，不离不弃；也有些人，浓烈如酒，疯狂似醉，却是转身无期。无数的相遇，无数的别离，就像这冬去春来的辗转，也像那冬去春来的更迭。无须不舍，自有轮回；无须流连，自有重逢。只愿你在来去之间，将真爱寻觅，将真心收藏，淡然相随、安暖相伴。

四月桃花　灼灼其华

季节流转，春风渐暖，尽管北方的春天是那样的慢热，但依旧在欣欣然中渐自苏醒。你看小草已经破土而出，柳树已然泛起绿波，就连那一树一树的桃花也含苞待放，粉嘟嘟、羞怯怯，甚是可爱。

这幅瑰丽的画卷是春天的杰作。她仿佛是一个魔术师，阳光是她的画笔，大地是她的画板，蘸着浓浓的春色，她不停地画呀画呀，一笔下去山青青，再笔画来水碧碧，直画的杨柳绿了，桃花红了，人心暖了。一笔笔点染人间繁花似锦，一画画渲染江山溢彩流韵。

就这样春的大地上，色彩开始丰富起来、鲜活起来。树林里，各种春天的声音开始争鸣起来，叽叽喳喳、热闹一片。放眼望去，田间地头，浅浅的绿意渲染出浓浓的生气，淡淡的花香装点出烈烈的诗情，花红柳绿、五彩缤纷、一片繁华。想来春天是热情的，她款款而来，用激情渲染生机盎然，用热情带给人们一个晴朗的心情一片暖暖的美景。

春含情脉脉、风情万种，这一来便是携着道不尽的绿叶，拂着诉不尽的绿花，踏着数不尽的绿草。所到之地，一拂袖，魁梧的梧桐树便如一排排士兵，抽出了崭新的绿色长剑；所过之地，一甩发，娇媚的柳树便似一位位舞者，瞬间换装绿丝绦；所处之地，一挥手，柔嫩的小草便如一群群沉睡中刚刚苏醒的婴孩，摇摇晃晃钻出了小脑袋。

本以为桃花羞怯，总是扭扭捏捏中尽显矜持，娇羞欲滴中逐渐绽放。没想到一夜春风来，千树万树桃花开。原来面对春的千娇百媚，桃花竟也欲罢不能。于是，"满树和娇烂漫红，万枝丹彩灼春融"；"桃花春色暖先开，明媚谁人不看来。"

就这样桃花开了，满园里姹紫嫣红，有粉红的、深红的、浅紫的、雪白的，一朵朵、一簇簇，在青翠欲滴的绿叶映衬下，显得那么娇艳柔媚、千姿百态。

忍不住挪动着轻盈的脚步，来到桃树下，触摸那繁花盛开的枝头，凉凉的、嫩嫩的。有的桃花还是花骨朵儿，它们含苞欲放，像一个害羞的小姑娘；有的才舒展开两三片花瓣，一股股淡淡的清香悠悠然飘散；有的花瓣已全部展开了身姿，微风一吹，便是轻轻抖动着花瓣，令人欢喜又心疼。

阳光如一条条金色的小溪，流淌在一片片的桃花中，让粉嫩的桃花更加鲜美动人，也为美丽的春天增添了更多温暖。一株株桃花天真灿烂地开着，每一瓣花瓣都那么柔软，好像轻轻一碰就会落下来。徜徉在花海里，看看这一朵，很美，看看那一朵，也很美。那桃花是晨风中摇曳绽放的春色，是书香里翰墨不干的沉吟，是西窗前缠绵不绝的情思，更是摇曳在枝头最美的风景。

桃花总是给人以太多的遐想。"胭脂鲜艳何相类，花之颜色人之媚。若将人面比桃花，面自桃红花自美。""桃花帘外开依旧，帘中人比桃花秀。花解怜人弄清柔，隔帘折枝风吹透。"即使文人用尽饱含情思的笔调，也无法将内心那种对桃花的向往和倾慕全部说完。

剪一支桃花带回家，插入花瓶，以深情为雨，呵护如阳，许她一场寂静喜欢，默然相守。一份期待春雨的思绪，一种亲近自然的情怀，就这样在不经意之间，紧紧地扣住了我的心扉。馨香盈袖间抬头，天空也一片明净。

一阵风吹来，望着飞舞的桃花，嘴角上扬，微微笑。让我们以一颗如春般温暖的心，留住人生最美的风景，相信未来的未来，又是一季桃花开，灼灼其华间，亦是芳菲盛世。

煮一壶秋色，伴清心共饮

　　光影如流、四季如织，端坐于时光的门槛，看一片落叶点缀了秋色，一场细雨渲染了秋凉。微风飒飒，吹来了秋意缱绻；树影婆娑，浮动着暗涌的花香。遇见秋，犹如故人归，无须刻意逢迎，不用言语寒暄，就像有些喜欢，只一眼便会妥帖在心里，寂然欢悦。

　　"山明水净夜来霜，数树深红出浅黄。"秋是一种沉静的美，没有春的豪迈、夏的热烈、冬的内敛。秋风叠起一地落花的悠然，秋雨洗礼一抹俗世的尘埃，秋花晕染一季成熟的风韵，秋露洗净一阙心事的素简。

　　秋天是一首静美而又婉转的诗，碧水映晴空，清夜画月明。秋天更是一幅异彩纷呈的画卷，"碧云天，黄叶地，秋色连波，波上寒烟翠"。煮一壶秋色，伴清心共饮，将经年所有的恩怨情仇，化作眼眸深处的一抹晶莹，冰清透彻；盈一怀婉约，将一笺心语，吟成满纸风情，让斑驳的印记，诉说着秋水长天。

　　漫步在秋的小径，内心一片沉静。拾一片落叶，将深情的往事连同这一刻清浅的时光，全部封存于心，任时光走笔，写意成最美的字笺。

清秋浅欢，文字情钟，如此之好。就让时光慢行，缓缓感受这秋日静美，这岁月静好。时光淡暖含香，缘分且尽还聚，花开花落，枯荣有致，丰盈着流年，沉淀着美好。

诚如人这一生，从鲜衣怒马到银碗盛雪，从青葱岁月到白发染鬓，看尽悲欢离合，淡然得失成败。由曾经的不谙世事，一步一步走向成熟；由从前的喜怒于形，最终修炼得一颗波澜不惊的心。看山水依旧，禅意而宁静；随悲喜不语，淡定而从容。

人心越宁静，便越是能客观地认识世界看清自己。唯心无尘嚣，才能澄澈本真。那种了然清明的感觉，就像这秋季的苍翠，被淋了一场清凉，舒爽而清透。

最是喜欢这静秋之夜，明月高悬、天高云淡。一阵清风吹过，几多心事便是随风散去。一丝凉意略过心头，唯有心中那份怀想温热依然。时光或许可以老去故人，但记忆却可以历久弥新，沉淀在岁月深处，封存在缘分尽头，最终幻化成生命的底色，沉静而无言。

藏一寸秋光潋滟，吟一首意蕴情长，静静聆听小鸟地鸣叫，秋虫地呢喃。采几片茶叶，撷几滴秋露，在夜色阑珊处，倚窗而坐、静享清宁。水润茶、茶融水，馨香盈袖、寂静欢喜，那便是经年最好的遇见。

心中有情，一草一木皆有灵性；心若有爱，一露一霜皆有温度。别让清秋冷落，莫让时光黯淡。世相百态，皆由心生。拈一壶秋色，暖于茶香；存一抹诗意，温于心怀。但愿往事不言愁，余生不悲秋。